Pierre Loti

Die Islandfischer

Übersetzt von Carmen Sylva

(Großdruck)

Pierre Loti: Die Islandfischer (Großdruck)

Übersetzt von Carmen Sylva.

Pêcheur d'Islande. Erstdruck: 1886. Hier in der Übersetzung von Carmen Sylva, Bonn, Verlag von Emil Strauß, 1890.

Neuausgabe
Herausgegeben von Theodor Borken
Berlin 2020

Umschlaggestaltung von Thomas Schultz-Overhage

Gesetzt aus der Minion Pro, 16 pt, in lesefreundlichem Großdruck

ISBN 978-3-8478-4571-3

Die Deutsche Nationalbibliothek verzeichnet diese Publikation in der Deutschen Nationalbibliografie; detaillierte bibliografische Daten sind im Internet über www.dnb.de abrufbar.

Henricus Edition Deutsche Klassik UG (haftungsbeschränkt), Berlin
Herstellung: BoD – Books on Demand, Norderstedt

Wenn es mir gelungen sein sollte, anderer Herzen durch dieses kleine Epos zu erquicken, wie es in seiner biblischen Größe und erschütternden Wahrhaftigkeit das meine erhoben hat, wenn in einigen Deutschen das rohe Wort: Erbfeind durch das schöne Wort: Bruderland verdrängt wird, so war meine Arbeit leicht und reine Freude.

Carmen Sylva.

Erster Teil

1.

Es saßen ihrer Fünf, von gewaltiger Schulterbreite, trinkend aufgestützt, in einem dunkeln Raume, der nach Salzlauge und See roch. Der Verschlag, der für ihre Gestalten zu niedrig war, spitzte sich an dem einen Ende zu, wie das Innere einer großen ausgenommenen Möwe. Er schwankte leise mit einförmigem Stöhnen, langsam wie im Schlafe. – Draußen musste wohl Meer und Nacht sein; aber drinnen konnte man es nicht wissen: eine einzige Öffnung, in die Decke geschnitten, war durch einen Holzdeckel geschlossen, und nur eine alte Hängelampe beleuchtete sie mit zitterndem Lichte.

In einem Ofen war Feuer; die nassen Kleider trockneten daran, indem sie einen Dunst verbreiteten, der sich mit dem Rauch der Tonpfeifen vermischte. Der schwerfällige Tisch nahm die ganze Wohnung ein, deren Form er so genau folgte, dass eben Raum genug blieb, sich hineinzuschieben, um sich auf schmale Truhen zu setzen, welche in die Eichenwände verklammert waren. Mächtige Balken zogen sich über sie hin, nahe genug, um fast ihre Köpfe zu berühren, und hinter ihren Rücken öffneten sich Kojen, welche in die Dicke der Wandung eingeschnitten schienen, wie Nischen in einem Totengewölbe. –

Alles Holzwerk war grob und ungehobelt, mit Feuchtigkeit und Salz gesättigt, abgenutzt und poliert durch das Reiben ihrer Hände.

Sie hatten aus ihren Näpfen Wein und Apfelwein getrunken, und nun strahlte die Lebensfreude auf ihren Gesichtern, welche offen und treuherzig waren. Sie blieben noch um den Tisch sitzen und plauderten auf bretonisch über Frauen und Heiraten.

Auf dem Getäfel im Hintergrunde nahm eine heilige Jungfrau von Steingut, die auf ein Brettchen festgemacht war, den Ehrenplatz ein.

Sie war schon etwas hoch in Jahren, die Patronin dieser Seeleute, noch mit naiver Kunst bemalt; aber die Leute aus Steingut erhalten sich viel länger als die wirklichen Menschen. Darum erschien auch ihr rot und blaues Gewand wie ein sehr frisches kleines Ding mitten unter all' dem dunkeln Grau dieses armen Holzhauses. Sie hatte wohl mehr als ein heißes Gebet in banger Stunde vernommen; man hatte ihr zu Füßen zwei Sträuße von künstlichen Blumen angenagelt und einen Rosenkranz. –

Die fünf Männer waren gleich gekleidet: eine dicke gestrickte Jacke von blauer Wolle umschloss den Oberkörper und verschwand unter dem Hosengürtel: auf dem Kopf eine Art Helm von geteerter Leinwand, den man Südwester nennt, von dem Südwestwind, der in unserer Hemisphäre den Regen bringt. Sie waren von verschiedenem Alter. Der *Kapitän* mochte 40 Jahre zählen, drei andere 25 bis 30. Der Letzte, den sie Sylvester oder Lürlü nannten, war nur 17 Jahre alt: doch war er schon ein Mann an Gestalt und Kraft. Ein schwarzer, sehr feiner und sehr krauser Bart bedeckte seine Wangen. Nur die Kinderaugen hatte er behalten: graublau, außerordentlich sanft und ganz unschuldig. Des engen Raumes halber dicht an einander gedrängt, schienen sie ein wahres Wohlbehagen zu empfinden, in ihre düstere Höhle hineingeduckt zu sein.

... Draußen musste wohl See und Nacht sein: die öde Unendlichkeit der schwarzen und tiefen Gewässer. Eine kupferne Uhr, die an der Wand hing, zeigte auf Elf, sicherlich elf Uhr Abends, und auf der Holzdecke hörte man das Tröpfeln des Regens. –

Sie verhandelten die Heiratsangelegenheiten sehr lustig mit einander – aber ohne ein ungeziemendes Wort.

Nein, es waren Pläne für sie, die noch Junggesellen waren, oder komische Geschichten, die bei Hochzeiten daheim passiert waren.

Manchmal warfen sie wohl mit einem herzlichen Lachen eine etwas offene Anspielung auf Liebesfreuden hin. Aber die Liebe, wie sie Männer von diesem Schlage verstehen, ist immer gesund, und in ihrer Derbheit bleibt sie beinahe keusch.

Aber Sylvester beunruhigte sich wegen einem, der Yann hieß und der immer nicht kam.

Wo blieb er denn, der Yann? Immer noch bei der Arbeit da oben? Warum kam er nicht herunter, sich seinen Anteil am Feste zu nehmen?

»Doch bald Mitternacht!« sagte der Kapitän, und indem er aufstand, hob er mit dem Kopfe den Holzdeckel, um Yann zu rufen. Da fiel ein höchst seltsames Licht von oben hinein.

»Yann, Yann, he, *Mann!*«

Der *Mann* gab mit rauher Stimme Antwort von draußen. –

Der bleiche Schein, der durch den für einen Augenblick gehobenen Deckel hereinfiel, glich sehr dem Tageslicht. »Bald Mitternacht!« Doch war es wirklich wie mattes Sonnenlicht, wie ein Schein von Tagesgrauen, von sehr weit her durch geheimnisvolle Spiegel zurückgestrahlt.

Wie die Öffnung sich schloss, kam die Nacht zurück; die kleine Hängelampe leuchtete wieder gelb, und man hörte den *Mann* mit dicken Holzschuhen die Leiter heruntersteigen. Als er eintrat, musste er sich ducken wie ein großer Bar; denn er war fast ein Riese. Zuerst schnitt er ein Gesicht und hielt sich die Nase zu wegen des herben Salzgeruchs.

Er ragte etwas zu sehr über die gewöhnlichen Körperverhältnisse der Menschen hinaus, besonders durch die Breite seiner Schultern, die so gerade waren wie ein Balken: von vorn gesehen, traten seine Schultermuskeln unter der blauen Wollenjacke wie zwei Kugeln über den Armen hervor. Er hatte große, braune, sehr bewegliche Augen und etwas Wildes und Hehres im Ausdruck. Sylvester warf die Arme um diesen Yann und zog ihn zärtlich an sich, wie Kinder

6

es tun; er war mit seiner Schwester verlobt und behandelte ihn wie einen großen Bruder. Der andere ließ sich die Zärtlichkeit gefallen, wie ein zahmer Löwe, und antwortete mit gutmütigem Lächeln, das die weißen Zähne sehen ließ.

Die Zähne hatten bei ihm mehr Platz gehabt als bei andern Menschen; sie standen ein wenig auseinander und schienen ganz klein. Sein blonder Schnurrbart war ziemlich kurz, obgleich er ihn niemals schnitt; er war fest gedreht, um in zwei symmetrischen Röllchen, über schön geschwungenen Lippen, sich an den beiden Enden über den tiefen Mundwinkeln zu kräuseln. Der übrige Bart war glatt geschoren, und seine frischen roten Wangen hatten ihren Flaum behalten, wie bei Früchten, die noch keiner berührt hat.

Als Yann sich gesetzt, füllte man die Gläser von Neuem und rief den Schiffsjungen, um die Pfeifen frisch zu füllen und sie anzuzünden.

Dies Anzünden war eine Gelegenheit für ihn, ein klein wenig zu rauchen. Er war ein kleiner derber Bube, mit rundem Gesicht, so ein bisschen Vetter von all' diesen Seeleuten, die mehr oder weniger unter einander verwandt waren. Wenn seine ziemlich harte Arbeit getan war, dann war er das verwöhnte Kind an Bord. Yann ließ ihn aus seinem Glase trinken, und dann schickte man ihn schlafen.

Hernach nahm man das große Heiratsgespräch wieder auf.

»Und du, Yann«, fragte Sylvester, »wann halten wir deine Hochzeit?«

»Schämst du Dich nicht«, sagte der Kapitän, »solch' ein großer Mensch wie du, schon 27 Jahre alt und noch nicht verheiratet! Was müssen die Mädchen denken, wenn sie dich sehen!«

Yann antwortete, mit einer für die Frauen sehr verächtlichen Gebärde die riesigen Achseln zuckend:

»Meine Hochzeiten halte ich für eine Nacht, manchmal für eine Stunde, je nachdem.«

Er hatte gerade seine fünf Jahre Staatsdienst beendet, dieser Yann. Dort hatte er, als Kanonier von der Flotte, Französisch gelernt und die skeptischen Reden. Er fing dann an, ihnen seine letzte Hochzeit zu erzählen, die, wie es schien, 14 Tage gewährt hatte.

Es war in Nantes, mit einer Sängerin. Einen Abend, vom Meer heimkommend, war er etwas angeheitert in ein Orpheum eingetreten. An der Türe saß eine Frau, die ungeheure Blumensträuße für einen Louisd'or verkaufte. Er hatte einen gekauft, ohne recht zu wissen, was damit anzufangen, und gleich beim Eintreten hatte er ihn mit mächtigem Schwung derjenigen direkt ins Gesicht geschleudert, die gerade auf der Bühne sang, – halb als derbe Liebeserklärung, halb als Hohn auf die gemalte Puppe, die ihm gar zu rosig vorkam. Die Sängerin war jählings hingestürzt und hatte ihn dann drei Wochen angebetet. »Als ich abreiste«, sagte er, »schenkte sie mir sogar diese goldene Uhr.«

Und damit man sie betrachten könnte, warf er sie auf den Tisch, wie ein verächtliches Spielzeug. Die Sache hatte er mit derben Ausdrücken in seiner eigenen Bildersprache erzählt. Doch diese banale Geschichte aus der zivilisierten Welt stimmte schlecht zu diesen urwüchsigen Menschen, zu dem großen Schweigen der See, die man rings umher ahnte, zu diesem Mitternachtslichte, das von droben hereingeschienen und das Gefühl des sterbenden Nordpolsommers gegeben.

Yanns Art tat Sylvester weh und wunderte ihn. Er war noch ein reines Kind, in der Ehrfurcht vor den heiligen Sakramenten erzogen von einer alten Großmutter, der Witwe eines Fischers aus dem Dorfe Ploubazlanec. Als er noch ganz klein war, ging er täglich mit ihr, auf seiner Mutter Grab kniend den Rosenkranz zu beten. Von dem Kirchhof auf der Klippe sah man von Weitem die grauen Wasser der manche, in denen sein Vater einst bei einem Schiffbruche verschwunden war.

Da sie arm waren, seine Großmutter und er, musste er schon früh zum Fischen hinausfahren, und seine Jugend hatte sich auf hoher See abgespielt.

Jeden Abend sagte er noch sein Gebet, und seine Augen hatten ihre fromme Reinheit bewahrt. Er war auch schön, und nach Yann der Schönstgebaute an Bord. Seine sehr weiche Stimme und seine kindliche Redeweise bildeten einen Gegensatz mit seiner hohen Gestalt und seinem schwarzen Barte; da er sehr schnell gewachsen war, machte es ihn fast verlegen, auf einmal so breit und so groß geworden zu sein. Er gedachte sich bald mit Yanns Schwester zu verheiraten, aber noch nie hatte er eines Mädchens Herausforderungen beachtet.

Sie hatten nur drei Lagerstätten an Bord – je eine für zwei, darin schliefen sie abwechselnd, sich in die Nacht teilend.

Als sie ihr Fest – zu Ehren von Mariä, der Schiffspatronin, Himmelfahrt – beendet hatten, war es über Mitternacht. Drei von ihnen glitten in ihre kleinen, schwarzen, Totenkammern ähnlichen Nischen hinein; die drei andern stiegen aufs Verdeck, die unterbrochene große Arbeit des Fischfangs wieder aufzunehmen: es waren Yann, Sylvester und einer aus ihrer Gegend, Willem genannt.

Draußen war es Tag, ewiger Tag. Aber es war ein bleiches, bleiches Licht, keinem andern ähnlich; es schlich über alles hin wie der Widerschein einer toten Sonne. Um sie her begann gleich eine ungeheure, farblose Leere, und außer den Brettern ihr Schiffes schien alles durchsichtig, ungreifbar, wesenlos.

Das Auge konnte kaum das erfassen, was das Meer sein musste: Zuerst sah es aus wie ein zitternder Spiegel, der aber kein Bild wiederzugeben hatte; fernerhin schien es eine dunstige Ebene – und dann nichts mehr; es hatte weder Horizont noch Umrisse.

Die feuchte Frische der Luft war schneidender, durchdringender als wirkliche Kälte, und beim Atmen hatte man starken Salzgeschmack. Alles war still, und es regnete nicht mehr; droben schienen formlose und farblose Wolken das unbegreifliche, verborgene Licht zu enthalten; man sah hell und fühlte doch Nacht, und alle diese bleichen Dinge hatten keine nennbare Farbenschattirung.

Die drei Männer, die dort standen, lebten seit ihrer Kindheit in diesen kalten Meeren, inmitten ihrer phantastischen Formengebilde, die unbestimmt und unbegrenzt sind wie Visionen.

All' diese wechselnde Unendlichkeit waren sie gewohnt um ihr schmales Bretterhaus spielen zu sehen, und ihre Augen waren damit vertraut wie diejenigen der großen Vögel der Weite.

Das Schiff schaukelte leise, immer mit demselben Klageton, einförmig wie ein bretonisches Lied, das ein schlafender Mensch im Traume singt.

Yann und Sylvester hatten sehr rasch ihre Köder und Leinen bereit, während der andere ein Salzfass öffnete und, sein großes Messer wetzend, sich hinter sie setzte, um zu warten.

Es währte nicht lange. Kaum hatten sie ihre Leinen in das stille, kalte Wasser geworfen, als sie sie mit schweren Fischen herauszogen, die glänzend grau waren, wie Stahl. Und wieder und immer wieder ließen sich die beweglichen Stockfische fangen. Er ging rasch und unaufhörlich, dieser schweigsame Fischfang. Der andere schnitt sie auf mit seinem großen Messer, schlug sie flach, salzte sie ein, zählte, und die Fische, die bei der Heimkehr ihr Vermögen machen sollten, türmten sich hinter ihnen auf, triefend und frisch.

Eintönig gingen die Stunden hin, und in den großen, leeren Weiten draußen änderte sich langsam das Licht; es schien jetzt wirklicher zu werden. Was vorher ein bleiches Halbdunkel war, wie ein hyperboreischer Sommerabend, wurde jetzt ohne den Übergang zur Nacht, etwas wie ein Morgenrot, das alle Meeresspiegel in unbestimmten rosenroten Streifen wiedergaben.

»Gewiss solltest du heiraten, Yann«, sagte plötzlich Sylvester, diesmal mit großem Ernst, indem er ins Wasser blickte. (Er schien sehr wohl eine in der Bretagne zu kennen, die sich in die braunen

Augen seines großen Bruders verguckt hatte. Aber er berührte nur schüchtern diesen ernsten Gegenstand.)

»Ich? O ja, einen dieser Tage, da halt' ich Hochzeit« – und er lächelte, dieser Yann, immer geringschätzig, indem er die lebhaften Augen rollte – »aber mit keinem der Mädchen daheim; nein, ich, ich heirate die See, und ich lade Euch ein, so viele Ihr hier seid, zum Tanz, den ich geben werde ...«

Sie fischten weiter, denn man durfte mit Plaudern die Zeit nicht verlieren. Man befand sich inmitten eines ungeheuren wandernden Fischvolkes, das seit zwei Tagen unablässig vorbeizog. –

Sie hatten alle die vorige Nacht durchgemacht und hatten in dreißig Stunden mehr als tausend sehr große Stockfische gefangen. Auch waren ihre kräftigen Arme müde, und sie schliefen beständig ein. Ihr Körper machte allein und setzte von selbst die Bewegungen des Fischfangs fort, während der Geist auf Augenblicke in vollem Schlafe schwebte. Aber die Luft der Weiten, die sie einatmeten, war jungfräulich wie am ersten Schöpfungstage, und so belebend, dass sie trotz der Müdigkeit die Brust weit und die Wangen frisch machte.

Das Morgenlicht, das wirkliche Licht war endlich gekommen; wie zur Zeit der Erschaffung der Welt hatte es sich von den Finsternissen geschieden, welche sich am Horizont geschichtet hatten und dort in schweren Massen liegen blieben; jetzt, da man so deutlich sah, merkte man erst, dass man aus der Nacht herauskam, und dass das vorherige Licht unbestimmt und seltsam war wie im Traum.

In dem sehr bedeckten, sehr dichten Himmel waren hie und da Risse, wie Öffnungen in einem Gewölbe, durch welche breite rosigsilberne Strahlen herabfielen. Die tieferen Wolkenschichten bildeten ein dichtes Schattengelände, rings um die Wasser sich lagernd, und die Fernen mit Unsicherheit und Dunkelheit füllend. Sie gaben das Gefühl eines geschlossenen Raumes, einer Grenze; sie waren wie

Vorhänge vor die Unendlichkeit gezogen, wie Schleier, die zu gewaltige Geheimnisse verbergen sollten, welche der Menschen Gedanken verwirrt hätten.

Um das winzige Brettergehäuse, welches Yann und Sylvester trug, hatte an diesem Morgen die wechselnde Welt draußen sich in ungeheure Andacht gehüllt; sie hatte sich zu einem Heiligtum aufgebaut, und die Lichtgarben, die in Streifen durch dies Tempelgewölbe einfielen, verlängerten sich in Spiegelungen auf dem unbeweglichen Wasser, wie auf einem Marmorboden. Dann, allmählich, erhellte sich sehr ferne ein neues Wahngebilde: eine Art rosiger Ausschnitt von großer Höhe, – ein Vorgebirge des düsteren Island ...

Yanns Hochzeit mit dem Meere! ... Sylvester dachte immer wieder daran, beim Fischen, ohne zu wagen, noch etwas zu sagen. Es hatte ihn betrübt, das Sakrament der Ehe vom großen Bruder so verspotten zu hören; und dann hatte es ihn noch besonders bange gemacht, denn er war abergläubisch. Er dachte schon so lange daran, an diese Hochzeit von Yann. Er hatte geträumt, sie würde mit Gaud Mevel sein – einer Blondine aus Paimpol –, und er dachte, er würde die Freude haben, vor seinem Abgang in den Flottendienst dieses Glück zu erleben, vor der fünfjährigen Verbannung mit unsicherer Heimkehr, deren unabwendbares Herannahen anfing, ihm das Herz zusammenzuschnüren ...

Vier Uhr Morgens. Die andern, die unten gelegen hatten, erschienen alle Drei zur Ablösung. Noch ein wenig verschlafen, mit voller Brust die kalte Luft einsaugend, stiegen sie herauf, indem sie noch an ihren hohen Stiefeln zogen, und schlossen die Augen, durch alle diese matten Lichtspiegelungen geblendet.

Jetzt frühstückten Yann und Sylvester rasch; sie zerbrachen den Schiffszwieback mit Holzhämmern und begannen ihn lautkrachend zu zerbeißen und lachten ob seiner Härte. Sie waren wieder ganz heiter geworden bei der Aussicht, zum Schlafen hinunterzugehen, in ihren Kojen recht warm zu liegen, und sich um die Lenden fassend, schritten sie zur Schiffsluke, indem sie sich zu einer alten Singweise wiegten. Bevor sie durch das Loch verschwanden, blieben sie stehen, um mit Türk, dem Schiffshunde, zu spielen, einem ganz jungen Neufundländer, der ungeheure, ungeschickte, kindliche Pfoten hatte. Sie neckten ihn mit der Hand, an der er herumbiss, wie ein Wolf, bis er ihnen weh tat. Da schleuderte ihn Yann, mit einem zornigen Zusammenziehen seiner wechselvollen Augen, durch einen zu heftigen Stoß zurück, so dass das Tier flach aufschlug und heulte. Er hatte ein gutes Herz, dieser Yann, aber er hatte eine etwas wilde Natur, und wenn sein physischer Mensch allein im Spiel war, dann glich eine sanfte Liebkosung von ihm oft brutaler Gewalttätigkeit.

2.

Ihr Schiff hieß die Marie, Kapitän Guermeur. Jedes Jahr fuhr es auf den großen gefährlichen Fischfang in die kalten Gegenden, wo der Sommer keine Nacht hat. Es war schon sehr alt, gerade so wie die tönerne Jungfrau, seine Patronin. Seine dicken Lenden mit eichenen Rippen waren rauh und rissig, von Feuchtigkeit und Fischwasser getränkt, aber noch fest und gesund strömten sie belebenden Teerduft aus. In der Ruhe sah das Schiff schwerfällig aus mit seinem massigen Geglieder. Aber wenn die volle Brise von Westen wehte, fand es seine Kraft und Leichtigkeit wieder, wie die Möwen, die der Wind weckt. Dann hatte es seine eigene Art, sich auf die Wogen zu heben und dahinzuschießen, leichter als viele von den Jungen, mit modern verfeinertem Zuschnitt.

Sie aber, die sechs Männer und der Schiffsjunge, waren richtige *Isländer,* eine tapfere Rasse von Seeleuten, die besonders in Paimpol und Tréguier verbreitet ist und die von Vater auf Sohn diesen Fischfang betreibt.

Sie hatten fast nie den Sommer in Frankreich gesehen. Am Ende jedes Winters erhielten sie mit andern Fischern im Hafen von Paimpol den Segen für die Fahrt. Für diesen Feiertag wurde ein Ruhealtar, immer derselbe, auf den Quai gebaut; es war die Nachahmung einer Felsengrotte, in deren Mitte, zwischen einer Trophäe von Ankern und Rudern und Netzen, sanft und unbewegt die heilige Jungfrau thronte, die Schutzheilige der Seeleute, die für sie aus der Kirche geholt war, und die von Geschlecht zu Geschlecht mit denselben leblosen Augen die Glücklichen anschaute, für die die Ausbeute reich sein würde – und die anderen auch, die nicht wiederkommen sollten. Das Allerheiligste, gefolgt von einer langsamen Prozession von Frauen und Müttern, Bräuten und Schwestern, umwandelte den ganzen Hafen, wo alle isländischen Schiffe im vollen Flaggenschmucke beim Vorüberziehen salutierten. Der Priester blieb vor jedem derselben stehen, sprach die Segensworte und machte das Zeichen des Kreuzes.

Dann fuhren sie alle zugleich hinaus wie eine Flotte und ließen die Gegend ohne Gatten, Liebhaber und Söhne. Indem sie sich entfernten, sangen die Schiffsmannschaften zusammen mit voller, klingender Stimme die Kirchenlieder an Maria, den Stern der Meere. Und jedes Jahr war die nämliche Abschiedsfeier, das nämliche Lebewohl.

Danach fing das Leben auf hoher See wieder an, die Einsamkeit mit drei oder vier rauhen Gesellen, auf wandelnden Brettern, inmitten der kalten Gewässer des hyperboreischen Meeres.

Bis jetzt war man noch immer heimgekehrt; Maria, der Stern der Meere, hatte das Schiff beschützt, das ihren Namen trug. Ende August war der Zeitpunkt seiner Rückkehr; aber die Maria folgte der Sitte vieler Isländer, die Paimpol nur berührten, um dann in den Gascognischen Meerbusen zu fahren, wo man seinen Fang gut verkauft, und dann nach den Sandinseln mit ihren Salzsümpfen, wo man das Salz kauft für die nächste Fahrt.

In diesen südlichen Häfen, die die Sonne noch erwärmt, verbreiten sich während einiger Tage die kräftigen Schiffsmannschaften, freudengierig berauscht durch diesen Fetzen Sommer, die sanftere Luft, das Land und die Frauen.

Und mit den ersten Herbstnebeln geht es dann heim an den häuslichen Herd, nach Paimpol, oder in die zerstreuten Hütten des Goëlo, um sich eine Zeit mit der Familie, der Liebe, Heiraten und Geburten zu beschäftigen. Fast immer findet man kleine Neugeborene, die den Winter vorher entstanden, die auf die Paten warten, um das Sakrament der Taufe zu empfangen. Viel Kinder braucht diese Rasse von Fischern, die Island verschlingt.

3.

An einem schönen Sonntagabend im Juni jenes Jahres saßen in Paimpol zwei Frauen, eifrig beschäftigt, einen Brief zu schreiben. Das geschah vor einem breiten, offenen Fenster, dessen Fensterbrett von altem, massivem Granit eine Reihe von Blumentöpfen trug. Auf den Tisch gebeugt, schienen beide jung; die eine hatte eine ungeheuer große Haube, nach der Mode von ehedem, die andere ein ganz kleines Häubchen, nach der neuen Form, die die Paimpolesinnen angenommen: – zwei Liebende, hätte man glauben sollen, die zusammen eine Liebesbotschaft an irgend einen schönen *Isländer* abfassten.

Diejenige, die diktierte – die mit der großen Haube – hob jetzt den Kopf, ihre Gedanken zu suchen, und siehe da! sie war alt, sehr alt, trotz ihrer jugendlichen Erscheinung, vom Rücken gesehen, unter ihrem kleinen braunen Tuche. Aber ganz uralt: eine gute Großmutter von wenigstens 70 Jahren. Doch wahrlich noch immer hübsch, noch frisch, mit ganz roten Bäckchen, wie manche alte Leute die Gabe haben, sie zu behalten. Ihr Kopfputz, der auf Stirn und Scheitel ganz niedrig war, schien aus zwei oder drei weiten

15

Musselindüten zu bestehen, welche eine aus der anderen herausfielen, bis in den Nacken. Ihr ehrwürdiges Gesicht war schön von all' der Weiße eingerahmt, die in der Faltung etwas Nonnenhaftes hatte. Ihre sanften Augen waren voll herzhafter Ehrlichkeit. Sie hatte keine Spur von Zähnen mehr, rein gar nichts, und wenn sie lachte, erschien statt ihrer das runde rote Zahnfleisch, das ganz jung aussah. Trotz ihres Kinns, das, wie sie immer sagte, zur Spitze eines Holzschuhes geworden, war ihr Profil durch die Jahre nicht verdorben; man konnte noch erraten, dass es regelmäßig und edel gewesen, wie das einer Kirchenheiligen.

Sie sah zum Fenster hinaus und suchte, was sie wohl noch erzählen könne, um ihren Enkel zu belustigen. Wahrhaftig, es gab in der ganzen Gegend von Paimpol nicht eine zweite gute Alte wie sie, die so drollige Sachen über den einen oder den anderen sagen, oder auch über gar nichts sagen konnte. In diesem Briefe standen bereits drei oder vier unbezahlbare Geschichten, – aber ohne die geringste Bosheit, denn sie hatte nichts Böses in der Seele.

Die andere, wie sie sah, dass keine Einfälle mehr kamen, hatte angefangen, sorgfältig die Adresse zu schreiben: *An Herrn Moan, Sylvester, an Bord der Marie, Kapitän Guermeur, im Isländischen Meer, über Reykjavik.*

Dann hob auch sie den Kopf, um zu fragen:

»Ist's fertig, Großmutter Moan?«

Und sie war sehr jung, diese andere, entzückend jung, ein zwanzigjähriges Gesichtchen. Sehr blond – was eine Seltenheit ist in dieser Ecke der Bretagne, wo der Schlag braun ist; sehr blond mit flachsgrauen Augen und beinahe schwarzen Wimpern. Ihre Brauen, die blond waren wie ihre Haare, hatten in der Mitte eine dunklere, rötliche Linie, wie mit dem Pinsel gezogen, die einen Ausdruck von Kraft und Willen gaben. Ihr etwas kurzes Profil war sehr edel; die Nase setzte die Stirnlinie ganz gerade fort, wie bei den griechischen Gesichtern. Ein tiefes Grübchen unter der Unterlippe zeichnete deren Rand in reizvoller Schärfe, – und von Zeit zu Zeit, wenn ein Gedanke sie sehr beschäftigte, biss sie diese Lippe mit den weißen Oberzähnen, so dass unter der feinen Haut kleine rötere Linien entstanden. In ihrer ganzen schlanken Gestalt war etwas Stolzes, auch ein wenig Ernstes, eine Erbschaft von den kühnen Islandschiffern, ihren Ahnen. Ihre Augen hatten zugleich einen Ausdruck von Sanftmut und von Eigensinn.

Ihr Kopfputz, wie eine Muschel geformt, legte sich tief auf der Stirne wie eine Binde an und hob sich dann stark auf beiden Seiten, dichte Haarflechten freilassend, die über den Ohren in Schnecken gerollt waren, – eine Tracht, die aus sehr alter Zeit herstammt und die den Paimpoleser Frauen ein altertümliches Ansehen gibt.

Man merkte wohl, dass sie anders erzogen war, als die arme Alte, der sie den Namen »Großmutter« gab, die aber in Wirklichkeit nur eine entfernte Großtante war und viel Unglück gehabt hatte.

Sie war die Tochter des Herrn Mevel, eines alten Isländers, der, ein ganz klein wenig Pirat, durch verwegene Unternehmungen zur See reich geworden war. Das schöne Zimmer, in welchem eben der Brief geschrieben wurde, war das ihre: da war ein ganz neues städtisches Bett mit Musselinvorhängen und Spitzen darum; auf den dicken Mauern bedeckte eine helle Tapete die Unebenheiten des Granit. An der Decke verhüllte eine Schicht Kalk die ungeheuren Balken, die das Alter des Gebäudes verrieten. Es war ein echtes behäbiges Bürgerhaus, dessen Fenster auf den alten Platz von Paimpol hinaussahen, wo der Markt und die Prozessionen, »Pardon« genannt, gehalten werden.

»Ist's fertig, Großmutter Yvonne? Habt Ihr ihm nichts mehr zu sagen?«

»Nein, mein Töchterchen, füge nur, bitte, einen Guten Tag von mir an den Sohn Gaos hinzu.« –

Der Sohn Gaos! … mit anderen Worten Yann … Sehr rot war das schöne stolze Mädchen geworden, während sie den Namen schrieb. Sowie dies mit eiliger Schrift unten an der Seite angefügt war, stand sie mit abgewandtem Kopfe auf, als wollte sie draußen auf dem Platz etwas sehr Interessantes sehen. Stehend erschien sie etwas groß; ihr Körper war, wie der einer eleganten Dame, in eine anschließende Taille ohne Falte hineingegossen. Trotz ihrem Kopfputz sah sie aus wie ein Fräulein. Selbst ihre Hände, ohne diese außerordentliche verkümmerte Kleinheit zu haben, welche die Sitte zur Schönheit gestempelt hat, waren fein und weich, da sie niemals grobe Arbeit getan.

Freilich war sie wohl einst die kleine Gaud gewesen, die barfuß im Wasser umherlief, mutterlos, fast verlassen in der Fischzeit, die ihr Vater in Island zubrachte; hübsch, rosig, ungekämmt, eigenwillig, trotzig, kräftig emporwachsend unter dem gewaltigen herben Wehen von der manche her. Zu jener Zeit wurde sie im Sommer von der Großmutter Moan aufgenommen, die ihr Sylvester zu hüten gab, während ihrer schweren Tagesarbeit bei den Leuten von Paimpol. Wie ein kleines Mütterchen vergötterte sie diesen anderen, ganz Kleinen, der ihr anvertraut war und vor dem sie doch kaum achtzehn Monate voraus hatte; er war so braun, wie sie blond; er war so folgsam und zärtlich, wie sie lebendig und launenhaft.

Sie gedachte dieses ihres Lebensanfangs wie ein verständiges Mädchen, das weder Reichtum noch Stadtleben berauscht hatten! Er stellte sich ihr dar wie ein ferner Traum von wilder Freiheit, wie die Erinnerung einer unbestimmten, geheimnisvollen Lebensperiode, wo der Strand breiter war und die Klippen sicherlich riesenhafter ...

Als sie fünf oder sechs Jahre alt war, noch sehr früh in ihrem Leben, war ihr Vater zu Geld gekommen, und er hatte angefangen, Schiffsladungen zu kaufen und zu verkaufen; da hatte er sie nach Saint Brieux gebracht und später nach Paris. – So war aus der kleinen Gaud Mademoiselle Marguerite geworden, groß, ernst, mit dem tiefen Blick. Noch immer viel sich selbst überlassen, nur in einer anderen Weise, als auf dem Meerstrand der Bretagne, hatte sie ihre eigenwillige Kindernatur bewahrt. Was sie von den Dingen dieser Welt wusste, war ihr ganz durch Zufall offenbart worden, ohne Einsicht; aber eine angeborene, fast übermäßige Würde war ihr zum Schutz geworden. Manchmal konnte ihr Wesen fast herausfordernd sein; dann sagte sie den Leuten zu offen Dinge ins Gesicht, die sie überraschten, und ihr schöner, heller Blick senkte sich nicht immer vor dem der jungen Männer, war dabei aber so ehrbar und so gleichgültig, dass diese sich unmöglich täuschen konnten; sie mussten es gleich gewahr werden, dass sie es mit einem braven Mädchen zu tun hatten, deren Herz so frisch war, wie ihr Gesicht. In den großen Städten hatte sich ihre Kleidung weit mehr geändert, als sie selber. Obgleich sie die Haube behalten, die die Bretoninnen nicht leicht aufgeben, hatte sie schnell gelernt, sich anders anzuziehen. Des Fischerkindes freie Figur, während sie die ganze Fülle der schönen Linien gewonnen, die im Seewind gekeimt, war nach unten hin feiner geworden in dem langen Schnürleib der Stadtfräulein.

Jedes Jahr kam sie mit ihrem Vater in die Bretagne zurück, aber nur im Sommer, wie die Badegäste, – dann fand sie für einige Tage ihre alten Erinnerungen wieder und ihren Namen Gaud (die bretonische Abkürzung von Marguerite), auch wurde sie neugierig, diese Isländer zu sehen, von denen man so viel sprach und die nie da waren, und von denen jedes Jahr wieder einige mehr beim Appell fehlten; allenthalben hörte sie von dem Island sprechen, das ihr wie ein ferner Abgrund vorkam – und wo nun der war, den sie liebte ...

Und dann war sie eines schönen Tages ganz heimgebracht worden, in die Fischergegend, durch eine Laune ihres Vaters, der dort sein Dasein vollenden und als Bürger an dem großen Platz von Paimpol wohnen wollte.

Die gute alte, arme, saubere Großmutter ging dankend davon, sobald der Brief wieder durchgelesen und zugemacht war. Sie wohnte ziemlich weit, am Anfang der Gemeinde von Ploubazlanec, einem Küstendörfchen, noch in derselben Hütte, in der sie geboren war, in der sie ihre Söhne und Enkel erzogen hatte.

Die Stadt durchwandernd beantwortete sie manchen Guten Abend: sie war eine der Alten im Lande, noch ein Überrest einer mutigen, hochgeachteten Familie.

Durch wahre Wunder von Ordnung und Pflege gelang es ihr, einigermaßen gut angezogen zu erscheinen, in ihren armen, geflickten Kleidern, die kaum noch zusammenhielten. Immer dasselbe braune Tuch von Paimpol, das ihren Staat ausmachte, auf das seit über sechzig Jahren die Musselindüten ihrer großen Hauben herabfielen, ihr eigenes Hochzeitstuch, das dereinst blau gewesen, zur Hochzeit ihres Sohnes Pierre gefärbt worden und seit jener Zeit, da es für Sonntags geschont wurde, noch ganz stattlich aussah. Sie hielt sich noch immer ganz aufrecht beim Gehen, gar nicht wie die alten Weibchen, und man konnte wirklich nicht umhin, trotz dem etwas emporstrebenden Kinn, sie mit ihren guten Augen und ihrem feinen Profil noch sehr hübsch zu finden. Sie war hoch geachtet, das konnte man gleich an der Art sehen, wie die Leute ihr den Guten Abend boten.

Auf dem Wege kam sie an ihrem »Liebhaber« vorbei, ein alter Verehrer von ehedem, der seines Zeichens Schreiner war; er war achtzigjährig und saß jetzt fast immer an seiner Türe, während die Jungen, seine Söhne, in der Werkstatt hobelten. – Man behauptete, er habe sich nie darüber trösten können, dass sie ihn nicht gewollt, weder in erster, noch in zweiter Ehe; mit den Jahren war das in einen komischen Groll umgeschlagen, halb freundschaftlich, halb boshaft, und jedesmal rief er sie an:

»He, Schönheit, wann wird's denn, dass man Euch Maß nehmen muss?«

Sie dankte und sagte Nein, sie sei noch nicht entschlossen, jenes Gewand anzulegen. In seinem etwas schwerfälligen Scherz meinte der Alte nämlich ein gewisses Kleidungsstück aus tannenen Brettern, das letzte von allen Erdenanzügen ...

»Nun, wann's Euch dann beliebt; aber geniert Euch nicht, meine Schöne, Ihr wisst ...«

Er hatte diese Neckerei schon öfter wiederholt, aber heute wurde es ihr schwer, darüber zu lachen: sie fühlte sich müder, gebrochener durch ihres Lebens unablässige harte Arbeit, und sie dachte an ihren teueren Enkel, den Letzten, der bei seiner Heimkehr aus Island in Dienst gehen sollte. – Fünf Jahre! Vielleicht nach China, in den Krieg? Würde sie wohl noch da sein, wenn er wiederkäme? –

Bei dem Gedanken übersiel sie Todesangst ... Nein, sie war entschieden nicht so heiter, als es den Anschein gehabt, die arme Alte, denn eben zog sich ihr Gesicht furchtbar zusammen, wie zum Weinen.

Es war also möglich, es war wirklich wahr, dass man ihr ihn bald nehmen würde, diesen letzten Enkel ... Ach! vielleicht sollte sie ganz allein sterben, ohne ihn wiedergesehen zu haben ... Wohl hatte man Schritte getan (Herren aus der Stadt, die sie kannten), um seine Einberufung zu verhindern, als Stütze einer mehr als dürftigen Großmutter, die bald arbeitsunfähig sein würde. Es war nicht gelungen, wegen Jean Moan, dem Deserteur, einem älteren Bruder von Sylvester, von dem man in der Familie nicht mehr sprach, aber der dennoch irgendwo in Amerika lebte, und nun dem jüngeren Bruder die Wohltat der Militärfreiheit raubte. Auch hatte man ihre kleine Pension als Seemannswitwe vorgekehrt, und sie war nicht arm genug befunden worden.

Als sie nach Hause kam, betete sie lange für alle ihre Heimgegangenen, Söhne und Enkel; dann betete sie, mit inbrünstigem Vertrauen, für ihren kleinen Sylvester und versuchte, einzuschlafen, – aber sie musste immer an das Gewand aus Brettern denken, und das arme alte Herz zog sich ihr zusammen bei dem Gedanken an diese Trennung.

Die andere, das junge Mädchen, war an ihrem Fenster sitzen geblieben und betrachtete den gelben Widerschein des Sonnenuntergangs auf den dunkeln Granitmauern der Häuser und die schwarzen Schwalben, die am Himmel kreisten. Paimpol war immer wie ausgestorben, sogar Sonntags, an diesen langen Maiabenden; junge Mädchen, die nun niemanden hatten, ihnen den Hof zu machen, spazierten zu zwei und zwei, zu drei und drei, und träumten von ihren Liebhabern in Island … »Einen Gruß von mir dem Sohn Gaos!« … Es hatte sie sehr verwirrt, diesen Satz zu schreiben, und diesen Namen, der sie nicht mehr verlassen wollte.

Sie brachte häufig die Abende an diesem Fenster zu, wie ein Fräulein. Ihr Vater liebte es nicht sehr, dass sie mit den anderen Mädchen ihres Alters spazieren ging, die früher in Dienst gewesen waren. Und dann, wenn er aus dem Kaffeehaus kam und seine Pfeife rauchend mit anderen alten Seeleuten auf und niederging, war er zufrieden, da oben an dem Granitfenster zwischen den Blumentöpfen seine Tochter zu sehen, im stattlichen Hause.

Der Sohn Gaos! Wider ihren Willen schaute sie in der Richtung der See hin, die man nicht sah, aber die man ganz nah fühlte, am Ende der Gässchen, durch welche die Schiffer heraufstiegen. Und ihre Gedanken wanderten in die Unendlichkeit dieses ewig anziehenden Wesens, das bezaubert und verschlingt; – ihre Gedanken wanderten hinaus, weit, weit, in die Polargewässer, wo die *Marie, Kapitän Guermeur* dahinschiffte. – Welch' sonderbarer Bursche, dieser junge Gaos! Jetzt floh er sie immer und entzog sich ihr, nachdem sein Entgegenkommen so dreist und so süß gewesen …

In ihrer langen Träumerei rief sie dann die Erinnerung an ihre Rückkehr in die Bretagne im vorigen Jahre zurück. An einem Dezembermorgen hatte nach einer Nachtfahrt der Pariser Zug ihren Vater und sie in Guingamp abgesetzt, beim ersten neblig-weißen

Tagesgrauen, das bei scharfer Kälte die Dunkelheit verdrängte. Da war sie von einem neuen ungekannten Eindruck ergriffen worden: diese kleine alte Stadt, durch die sie nie anders als im Sommer gekommen war, sie erkannte sie nicht mehr; ihr war es, als tauchte sie plötzlich unter in weit entfernte Zeiten der Vergangenheit. Diese Stille nach Paris! Dieses ruhige Leben der Menschen einer anderen Welt, die im ersten Morgennebel ihren kleinlichen Geschäften nachgingen! Diese alten Häuser von düsterem Granit, schwarz von Feuchtigkeit und dem noch haftenden Schatten der Nacht; alle diese bretonischen Dinge – die sie nun entzückten, weil sie Yann liebte – waren ihr an jenem Morgen in trostloser Traurigkeit erschienen. Frühaufstehende Hausfrauen öffneten bereits ihre Türen, und im Vorübergehen fiel ihr Blick in diese alten Behausungen mit den großen Kaminen. Da saßen in würdiger Ruhe alte Mütterchen, die eben ihr Lager verlassen hatten. Sowie es etwas heller wurde, war sie in die Kirche eingetreten, um ihr Gebet zu sagen, und wie ungeheuer groß und geheimnisvoll war ihr das prachtvolle Schiff erschienen – ganz verschieden von den Pariser Kirchen, mit seinen rauhen Pilastern, die an ihrem Fuße durch die Jahrhunderte abgenutzt waren, mit dem Geruch nach Gruft, Alter und Salpeter. In einer tiefen Nische, hinter Säulen, brannte eine Kerze, vor der eine Frau kniete, wohl um ein Gelübde zu tun: der Schein von diesem schwachen Flämmchen verlor sich in der undeutlichen Leere der Gewölbe … da hatte sie plötzlich, in sich selber, die Spur eines längst vergessenen Gefühls gefunden: die Art Trauer und Scheu, die sie als ganz kleines Kind empfand, wenn man sie zur Frühmesse an Wintermorgen in die Kirche von Paimpol führte. –

Um Paris war es ihr doch nicht leid, gewiss nicht, obgleich es dort viele schöne und belustigende Dinge gab. Zuerst hatte sie sich dort beengt gefühlt, da sie das Blut der Seefahrer in den Adern hatte; dann kam sie sich wie eine Fremde vor und nicht an ihrem Platze: die Pariserinnen, das waren Frauen, deren zusammengepresste Taille hinten einen künstlichen Bausch zeigte, die eine besondere Art zu gehen kannten und in ihrem fischbeinernen Panzer einherschwänzelten; sie war viel zu klug, um je zu versuchen, diese Dinge genau nachzuahmen. Mit ihrem Kopfputz, den sie jedes Jahr bei der Putzmacherin in Paimpol bestellte, war es ihr unbehaglich in den Straßen von Paris, denn sie gab sich nicht Rechenschaft darüber, dass man sich nur nach ihr umdrehte, weil sie sehr lieblich anzuschauen war. Es gab wohl einige unter diesen Pariserinnen, die sie durch ihre Vornehmheit anzogen, aber man konnte ihnen nicht nahe kommen, denen da, das wusste sie. Und die anderen, die tiefer Stehenden, die bereit gewesen wären, Bekanntschaft zu machen, die hielt sie sich verachtungsvoll fern, da sie sie nicht für würdig hielt. So hatte sie ohne Freundinnen gelebt, fast in der ausschließlichen Gesellschaft ihres Vaters, und der war oft in Geschäfte vertieft oder abwesend. Es war ihr nicht leid um dies Leben der Ausgeschlossenheit und Einsamkeit.

Aber, trotz alledem, an diesem Tage der Heimkehr war sie doch schmerzlich überrascht durch die Herbheit dieser Bretagne, im tiefen Winter gesehen. Und der Gedanke an die vier bis fünf Stunden im Wagen, an dieses Sichversenken in die trostlose Gegend bis nach Paimpol, lag ihr bang auf der Seele wie ein Alp.

Und wirklich waren sie den ganzen Nachmittag dieses grauen Tages in einer kleinen, alten, lecken, allen Winden zugänglichen Postkutsche gereist, ihr Vater und sie; bei sinkender Nacht waren sie durch traurige Dörfer gekommen unter Baumgespenstern durch, an denen der Nebel in seinen Tröpfchen hing. Bald hatte man die Laternen anzünden müssen, und dann hatte man nichts mehr gesehen, als zwei Streifen sehr grünen bengalischen Lichts, das auf beiden Seiten den Pferden vorauslief, und welches nur der Schein der beiden Laternen war, der auf die endlosen Hecken am Wege fiel. Woher kam plötzlich das frische Grün im Dezember? Verwundert lehnte sie sich hinaus, um besser zu sehen, dann kam ihr ein

Erkennen und eine Erinnerung: der Ginster, der immergrüne Seeginster der Pfade und Klippen, der in der Gegend von Paimpol nie gelb wird. Zugleich begann eine sanftere Brise zu wehen, die sie ebenfalls zu erkennen meinte und die nach See roch ... Gegen das Ende der Reise war sie ganz wach geworden und durch einen Einfall, der ihr gekommen war, erheitert: »Je, da wir Winter haben, werd' ich sie diesmal sehen, die schönen Islandfischer!« Im Dezember mussten sie da sein, heimgekehrt alle die Brüder, die Verlobten, die Geliebten, die Vettern, von denen ihre Freundinnen, groß und klein, bei jedem ihrer Sommeraufenthalte ihr so viel bei den Abendspaziergängen erzählt hatten. Und dieser Gedanke hatte sie beschäftigt, während ihre Füße durch die Unbeweglichkeit in dem Gefährte eiskalt geworden waren ... Sie hatte sie in der Tat gesehen ... und jetzt hatte einer davon ihr das Herz gestohlen.

4.

Das erste Mal, dass sie ihn erblickt hatte, ihn, den Mann, war der Tag nach ihrer Ankunft, beim »*pardon*« der Isländer, der am 8. Dezember ist, dem Tage von unserer Lieben Frau der frohen Botschaft, der Fischer Schutzpatronin! – Kurz nach der Prozession; die düsteren Straßen waren noch mit weißen Tüchern behängt, auf die man Efeu und Stechpalme, des Winters Blüten und Blätter, gesteckt hatte.

Bei diesem *pardon* war die Freude schwerfällig und ein wenig wild unter einem trüben Himmel. Es war eine Freude ohne Heiterkeit, die sich zusammensetzte aus Sorglosigkeit und Herausforderung, aus Körperkraft und Alkohol, und auf welcher, unverhüllter als überall sonst, das allgemeine Todesdrohen lastete.

Großer Spektakel in Paimpol; Glockenklang und Priestersang, eintönige rohe Lieder in den Schenken, alte Melodien zum Einwiegen der Matrosen, alte Klagelieder, aus dem Meer gekommen, von

Gott weiß wo gekommen, aus der tiefen Nacht der Zeiten. Matrosengruppen, die sich den Arm gaben, die durch die Straßen hin- und herschwankten aus Gewohnheit zu rollen und in beginnender Trunkenheit, den Frauen lebhaftere Blicke zuwerfend, nach der langen Enthaltsamkeit der hohen See.

Gruppen von Mädchen in ihren nonnenhaften weißen Hauben, die schöne Brust eingeschnürt und bebend, die schönen Augen mit dem Sehnen eines ganzen Sommers erfüllt. Alte Granithäuser, die das Gewimmel einschlössen; alte Dächer, die ihre Kämpfe mehrerer Jahrhunderte gegen die Westwinde erzählten, gegen die Brandung, die Regenströme, gegen alles, was das Meer entsendet; welche aber auch von heißen Geschichten sprachen, die sie beschützt, von alten Abenteuern voll Kühnheit und Liebe.

Und dabei ein religiöses Gehobensein, ein Gefühl des Vergangenen, das über dem allen schwebte, eine Ehrfurcht vor dem alten Gottesdienst, vor den schützenden Symbolen, vor der weißen und unbefleckten Jungfrau. Neben den Schenken die Kirche, deren Eingang mit Laub bestreut war, weit geöffnet wie eine große, düstere Grotte, mit ihrem Weihrauchduft, mit ihren Kerzen in der Dunkelheit, mit den *ex voto*'s der Seeleute, die allenthalben aus dem geheiligten Gewölbe herabhingen. Neben den verliebten Mädchen die Bräute verschwundener Matrosen, die Witwen der Schiffbrüchigen, die in ihrem langen Trauerschal und ihren kleinen, glatten Hauben aus den Totenkapellen herauskamen; schweigsam, mit gesenktem Blick, gingen sie durch des Lebens lauten Lärm dahin wie eine schwarze Warnung. Und dort, ganz nahe, ewig die See, die große Ernährerin, das gewaltige Ungetüm, das alle diese kräftigen Geschlechter verschlang, das sich ebenfalls rührte und Lärm machte und seinen Anteil nahm an dem Feste ...

Von all' diesen Dingen bekam Gaud einen verwirrenden Eindruck. Aufgeregt und lachlustig, aber im Herzensgrund beklommen, fühlte sie sich von heimlicher Angst übermannt, bei dem Gedanken, dass dies nun wieder ihre Heimat sei, für immer. Auf dem Platze, wo Seiltänzer ihr Wesen trieben, ging sie mit ihren Freundinnen auf und ab, die ihr rechts und links die jungen Leute nannten, von Paimpol und Ploubazlanec.

Vor einem Bänkelsänger stand eine Gruppe Isländer, ihr den Rücken kehrend. Zuerst war ihr der eine von ihnen durch seine Riesengestalt und seine fast zu breiten Schultern aufgefallen, und sie hatte unbefangen, sogar mit einem Anflug von Spott gesagt:

»Da ist aber einer, der ist groß!«

Die verborgene Meinung in ihrem Satze war ungefähr die folgende:

»Die den heiratet, der wird das Haus zu eng, mit einem Mann von solcher Breite!«

Er hatte sich umgedreht, als wenn er sie gehört hätte, und hatte sie von Kopf bis zu Füßen in einen raschen Blick gehüllt, der zu sagen schien:

»Wer ist denn die da mit der Haube von Paimpol, die so elegant ist und die ich noch nie gesehen?«

Und dann hatten sich seine Augen rasch gesenkt aus Höflichkeit, und er schien wieder sehr mit den Sängern beschäftigt, nichts mehr von seinem Kopfe zeigend als die schwarzen Haare, die ziemlich lang und im Nacken lockig waren.

Sie hatte ohne Scheu nach den Namen von einer Menge anderer gefragt, bei diesem wagte sie es nicht. Das kaum erblickte schöne Profil, dieser imponierend stolze, etwas wilde Blick, diese hellbraunen, leuchtenden Augensterne, die so rasch in dem bläulichen Opal des Auges rollten, das alles hatte auf sie Eindruck gemacht und sie auch eingeschüchtert.

Und das war gerade der »Sohn Gaos«, von dem sie bei den Moans hatte sprechen hören, als Sylvesters großem Freunde; an dem nämlichen Abende waren Sylvester und er, Arm in Arm gehend, ihr und ihrem Vater begegnet; sie waren stehen geblieben, um sie zu begrüßen.

Der kleine Sylvester war ihr sofort wieder zum Bruder geworden: Als Vettern hatten sie fortgefahren, sich zu duzen; freilich hatte sie zuerst ein wenig gezaudert vor dem großen bärtigen Jungen von siebzehn Jahren, aber da seine guten sanften Kinderaugen sich nicht verändert hatten, kam er ihr bald wieder so vertraut vor, als hätte sie ihn nie aus den Augen verloren. Wenn er nach Paimpol kam, hielt sie ihn Abends zum Essen zurück; das war unbedenklich, und er aß mit großem Appetit, da er zu Hause manchmal etwas schmale Kost hatte.

Eigentlich war dieser Yann nicht sehr galant gegen sie gewesen, bei dieser ersten Vorstellung, – in der Ecke der kleinen grauen Straße, die ganz mit grünen Zweigen bedeckt war. Er hatte sich damit begnügt, den Hut vor ihr abzunehmen, mit einer etwas schüchternen, wenn auch sehr vornehmen Bewegung; dann hatte er seinen raschen Blick über sie hinschweifen lassen und hatte ihn weggewandt, als wäre er mit der Begegnung unzufrieden und hätte Eile, weiterzugehen. Eine starke Westbrise, die sich mährend der Prozession erhoben, hatte die Buchszweige auf den Boden gesät und über den Himmel grauschwarze Hüllen geworfen ...

Gaud sah in ihrer Träumerei das alles ganz deutlich wieder: das traurige Sinken der Nacht über des Festes Ende; die weißen Tücher mit Blumen besteckt, die im Winde längs der Mauer flatterten; die lärmenden Gruppen der wetterharten Isländer, die singend in die Wirtshäuser einkehrten, sich vor dem nahenden Regen zu schützen; besonders den großen Burschen, der vor sie hingepflanzt stand, den Kopf abgewandt mit einem Ausdruck von Verdruss und Verwirrung über ihre Begegnung. – Welch tiefe Veränderung hatte sich seit jener Zeit in ihr vollzogen! Und welcher Unterschied zwischen dem lärmenden Festesschluss und dieser Stille. Wie war das nämliche Paimpol heute Abend so schweigsam und leer, während der langen, lauen Maidämmerung, die sie an ihrem Fenster festhielt, einsam, träumend und liebend! –

5.

Als sie sich zum zweiten Male sahen, war es bei einer Hochzeit. Dieser Sohn Gaos sollte ihr den Arm geben. Zuerst hatte sie sich eingebildet, es müsse ihr unangenehm sein: durch die Straße daherzuziehen mit dem großen Burschen, den jedermann seiner hohen Gestalt wegen ansehen würde, und der wahrscheinlich auf dem Wege nichts würde zu reden wissen! Und dann schüchterte er sie ganz entschieden ein mit seiner wilden und vornehmen Miene.

Zur festgesetzten Stunde, als schon alles zum Zuge versammelt, war Yann nicht erschienen. Die Zeit verging, er kam nicht, und schon sprach man davon, nicht mehr auf ihn zu warten. Da wurde es ihr klar, dass sie sich nur für ihn so hübsch gekleidet; mit jedem der andern jungen Männer würde das Fest, der Tanz, verfehlt und ohne Freude sein.

Zuletzt war er doch gekommen, auch in Festkleidern, und hatte sich ohne Verlegenheit bei den Eltern der Braut entschuldigt. Das war's: Große Züge Fische, die man gar nicht erwartete, waren von England aus angezeigt worden; sie sollten am Abend vorbeikommen, seewärts von Aurigny; da war alles, was es in Ploubazlanec von Schiffen gab, eilig bemannt worden. Große Aufregung in den Dörfern, die Frauen, die ihre Männer in den Schenken suchten und sie zur Eile antrieben, sich selbst bemühend, die Segel zu hissen, beim Abfahren zu helfen – ein wahres Sturmlaufen in der ganzen Gegend … Mitten unter all den ihn umgebenden Leuten erzählte er mit größter Leichtigkeit mit den ihm eigenen Bewegungen, rollenden Augen und dem schönen Lächeln, das seine glänzenden Zähne zeigte. Um die Eile der Vorbereitungen zu erläutern, warf er manchmal ein kleines, sehr komisches langgezogenes »Hu«

mitten in seine Sätze, – ein Matrosenruf, der die Geschwindigkeit bezeichnen soll und an das Pfeifen des Windes erinnert. Der Erzähler hatte sich schnell einen Ersatzmann suchen und ihn dann noch dem Schiffspatron aufdrängen müssen, dem er sich für den Winter verdungen. Daher seine Verspätung, und um bei der Hochzeit nicht zu fehlen, ging er seines Anteils am Fischfang verlustig.

Seine Gründe waren von den Fischern, die ihm zuhörten, vollkommen verstanden worden; keinem fiel es ein, ihm die Sache übel zu nehmen; – man weiß ja wohl, dass alles im Leben von unvorhergesehenen Ereignissen der See abhängt, mehr oder weniger vom wechselnden Wetter, von den geheimnisvollen Wanderungen der Fische. Die andern anwesenden Isländer bedauerten nur, nicht zeitig benachrichtigt worden zu sein, um wie die von Ploubazlanec etwas von dem Reichtum zu gewinnen, der auf hohem Meere vorüberzog.

Nun war's zu spät, nicht zu ändern; man konnte nichts weiter tun, als den Mädchen den Arm reichen. Draußen setzten die Violinen ein, und lustig machte man sich auf den Weg.

Zuerst hatte er ihr nur allgemeine Artigkeiten gesagt, wie man es bei einer Hochzeit mit Mädchen tut, die man wenig kennt. Von allen den Paaren waren sie allein Fremde für einander; sonst waren im ganzen Hochzeitszuge nur Vettern und Brautleute. Es gab auch einige Liebespaare darunter; denn in der Gegend von Paimpol geht man ziemlich weit in der Liebe zur Zeit der Heimkehr aus Island. (Nur ist man ehrlich und heiratet sich hernach.)

Aber am Abend, beim Tanze, war das Gespräch zwischen ihnen wieder auf den großen Strom der Fische gekommen, und er hatte plötzlich, fast barsch, ihr voll in die Augen sehend, das für sie Unerwartete gesagt: »Sie allein in Paimpol – und selbst in der Welt – konnten mich diese Fahrt versäumen machen. Nein, sicherlich hätte ich mich durch keine andere in meinem Fischfang stören lassen, Fräulein Gaud ...« Zuerst war sie erstaunt, dass der Fischer so zu ihr zu reden wagte, zu ihr, die zu diesem Ball fast wie eine Königin gekommen war. Und dann hatte sie, innig entzückt, endlich geantwortet: »Ich danke Ihnen, Herr Yann, ich bin auch lieber mit Ihnen als mit irgend einem anderen.«

Das war alles gewesen, aber von diesem Augenblick an bis zu Ende des Tanzes hatten sie in einer anderen Weise mit einander gesprochen, mit leiserer und sanfterer Stimme. Man tanzte zu Leier und Violine, fast immer die nämlichen Paare zusammen. Wenn er wieder kam, sie zu holen, nachdem er der Sitte halber mit einer anderen getanzt hatte, lächelten sie sich an wie Freunde, die sich wiederfinden, und setzten ihr vorheriges Gespräch in ganz vertraulicher Weise fort. Ganz offen erzählte Yann von seinem Fischerleben, seinen Anstrengungen, seinem Lohn, wie schwer es seinen Eltern geworden, vierzehn kleine Gaos zu erziehen, von denen er der älteste Bruder war. Jetzt waren sie aus aller Not, besonders durch ein Wrack, welches ihr Vater in der manche gefunden und dessen Verkauf ihm 10.000 Franken eingetragen, nach Abzug des Staatsanteils; da hatte er können einen ersten Stock auf sein Haus aufsetzen, welches gerade auf der Spitze von Ploubazlanec stand, ganz am Ende aller Grundstücke, im Dörfchen Pors-Even; es thronte über der manche mit einer sehr schönen Aussicht.

»Hart ist es«, sagte er, »das Islandhandwerk, so abfahren im Monat Februar nach solch einem Lande, wo es so kalt ist und so düster und das Meer so schlimm.«

Das ganze Ballgespräch, dessen sich Gaud erinnerte, als sei es gestern gewesen, ließ sie langsam durch ihr Gedächtnis ziehen und sah dabei die Mainacht über Paimpol hereinsinken.

Wenn er nicht Heiratsgedanken gehabt, warum hatte er ihr alle diese Einzelheiten seines Lebens erzählt, die sie fast wie eine Braut vernommen hatte. Er sah doch nicht aus wie ein flacher Kerl, der gern seine Angelegenheiten jedem mitteilt.

»Trotzdem ist das Handwerk ziemlich gut«, hatte er gesagt, »und was mich betrifft, möchte ich nicht tauschen. Manche Jahre sind's 800 Fr., andre Male 1200, die man mir bei der Rückkehr gibt, und die ich der Mutter bringe.«

»Die Sie Ihrer Mutter bringen, Herr Yann?«

»Ja, freilich, immer alles. Bei uns Isländern ist es so Sitte, Fräulein Gaud.« (Er sagte das wie eine ganz einfache Sache, die sich von selbst versteht.) »So z. B. ich, Sie würden es nicht glauben, ich habe fast nie Geld. Den Sonntag gibt mir nur Mutter etwas, wenn ich nach Paimpol geh', das geht in allem so. Z. B. dies Jahr hat mir mein Vater die neuen Kleider machen lassen, die ich trage, ohne die ich niemals zur Hochzeit hätte kommen mögen. O nein, gewiss, ich wäre nicht gekommen, Ihnen den Arm reichen in den Kleidern vom vorigen Jahre.«

Für sie, die gewohnt war, Pariser zu sehen, waren sie vielleicht nicht sehr elegant, diese neuen Kleider Yanns, dieser sehr kurze Rock, der sich über einer Weste von etwas altmodischer Form öffnete; aber die Gestalt, die sich darunter entwickelte, war tadellos schön, und darum sah ihr Tänzer dennoch vornehm aus. Er sah ihr lächelnd voll in die Augen, so oft er etwas gesagt, um zu sehen, was sie dachte. Und wie sein Blick gut und ehrlich geblieben war, wahrend er ihr das alles erzählte, damit sie wohl verstände, dass er nicht reich wäre. Und sie lächelte ihm auch zu, ihm immer gerade in die Augen blickend. Sie antwortete nicht viel, aber sie hörte mit ganzer Seele zu, immer erstaunter und immer mehr zu ihm hingezogen. Welches Gemisch war er von wilder Rauhheit und anschmiegender Kindlichkeit. Seine tiefe Stimme, welche mit anderen barsch und bestimmt war, wurde, wenn er mit ihr sprach, immer frischer und einschmeichelnder. Nur für sie bebte diese Stimme mit unendlicher Sanftmut, wie eine verschleierte Musik von Saiteninstrumenten. Und wie eigentümlich und unerwartet war es, dass der große Mensch mit seiner zwanglosen Art, seinem erschreckenden Aussehen, der immer noch zu Hause als kleines Kind behandelt wurde und das natürlich fand, und der die Welt durchschweift hatte mit allen ihren Abenteuern und Gefahren, für seine Eltern diesen völligen, ehrfurchtsvollen Gehorsam bewahrte. Sie verglich ihn mit anderen, mit verschiedenen Pariser Stutzern, Commis, Skribenten, was weiß ich noch, die sie ihres Geldes halber mit ihrer Anbetung verfolgt hatten, und dieser schien ihr der Beste von denen, die sie gekannt, und zugleich der Schönste.

Um sich ihm gleicher zu stellen, hatte sie ihm erzählt, dass man es bei ihr zu Hause auch nicht immer so gut gehabt habe wie jetzt; dass ihr Vater damit angefangen, Islandfischer zu sein, und dass er die Isländer immer wert schätzte; dass sie sich erinnerte, ganz klein mit bloßen Füßen auf dem Strande umhergelaufen zu sein nach dem Tode ihrer armen Mutter ...

O, diese Ballnacht! Diese süße entscheidende, einzige Nacht in ihrem Leben, – sie schien schon weit entfernt, da sie im Dezember gewesen war, und jetzt war es Mai. All' die schönen Tänzer von damals fischten jetzt dort, über das Isländische Meer zerstreut. Für sie war es eben hell unter der bleichen Sonne in ihrer ungeheuren Einsamkeit, während die Dunkelheit sich still herabsenkte über das Bretonische Land.

Gaud blieb an ihrem Fenster; der Platz von Paimpol, den von allen Seiten altertümliche Häuser einschlossen, wurde trauriger und trauriger, bei der einbrechenden Nacht. Man hörte kaum mehr einen Laut. Über den Häusern schien die noch leuchtende Leere des Himmels sich auszuhöhlen, sich zu erheben, sich noch mehr von den irdischen Dingen loszulösen, die sich jetzt, in der Dämmerstunde, nur noch als ein einziger schwarzer Ausschnitt von alten Dächern und Dachreitern zusammenschlossen. Von Zeit zu Zeit schloss sich eine Türe oder ein Fenster; irgend ein alter Seemann mit rollendem Gang kam aus einer Schenke und ging durch die dunkeln Gässchen dahin; oder einige verspätete Mädchen kamen vom Spaziergang mit Maiblütensträußen heim. Eine derselben, welche Gaud kannte, sagte ihr »Guten Abend« und hob ihr mit ausgestrecktem Arm eine Garbe Weißdorn entgegen, als wollte sie sie daran riechen lassen. Man sah noch in der durchsichtigen Dunkelheit die leichten Tüpfchen der kleinen weißen Blüten; es stieg übrigens noch ein anderer süßer Duft aus den Gärten und Höfen empor, derjenige des blühenden Geisblatts auf den Granitmauern, und auch ein unbestimmter Geruch von Seegras aus dem Hafen. Die letzten Fledermäuse glitten mit lautlosem Fluge durch die Luft wie Traumgebilde.

Gaud hatte manchen Abend an diesem Fenster zugebracht, den melancholischen Platz betrachtend, an die Isländer denkend, die fortgefahren waren, und immer an den nämlichen Ball.

Es war sehr heiß gegen Ende der Hochzeit, und in den Köpfen mancher Tänzer begann es sich zu drehen. Und sie erinnerte sich, wie er mit anderen tanzte, mit Mädchen oder Frauen, deren Liebhaber er mehr oder weniger gewesen sein musste; sie erinnerte sich seiner geringschätzigen Herablassung, wenn er ihre Herausforderungen beantwortete – wie anders war er mit denen. Er war ein vortrefflicher Tänzer, gerade wie die Hochwaldeiche und sich mit Leichtigkeit und Anstand drehend, mit zurückgeworfenem Kopfe. Seine braunen lockigen Haare fielen ein wenig auf die Stirn und bewegten sich beim Wehen der Tänze. Gaud, welche ziemlich groß war, fühlte ihre Berührung auf ihrer Haube, wenn er sich zu ihr neigte, um sie beim schnellen Walzer besser zu halten. Von Zeit zu Zeit machte er ihr ein Zeichen, seine kleine Schwester Marie mit Sylvester anzusehen, die beiden Verlobten, die zusammen tanzten. Er lachte so gutmütig über die beiden, die so jung waren, so zurückhaltend miteinander, sich Diener machten und sehr verlegene Gesichter, wenn sie sich ganz leise jedenfalls sehr liebenswürdige Sachen sagten. Er hatte sicher nie erlaubt, dass es anders gewesen wäre, aber ganz gleich, es amüsierte ihn doch, ihn, der so unbeständig und unternehmend geworden war, sie so naiv zu sehen; dann wechselte er mit Gaud ein verständnisvolles Lächeln, welches sagen wollte: »Wie sie niedlich und komisch anzuschauen sind, *unsere* zwei kleinen Geschwister!«

Man umarmte sich viel gegen Ende der Nacht: man küsste die Vettern, man küsste die Bräute, man küsste die Geliebten, aber das alles hatte einen ehrlichen offenen Anstrich, recht herzhaft und vor aller Welt. Er hatte sie, wohl verstanden, nicht geküsst, so etwas erlaubte man sich nicht mit der Tochter des Herrn Mevel; vielleicht drückte er sie höchstens ein wenig fester an die Brust bei den Schlusswalzern: vertrauensvoll leistete sie keinen Widerstand, im Gegenteil schmiegte sie sich eher ein wenig an ihn, dem sie sich mit ganzer Seele gegeben. An diesem plötzlichen, tiefen, köstlichen Taumel, der sie willenlos zu ihm hinzog, hatten ihre zwanzigjährigen Sinne wohl auch etwas Schuld, aber das Herz hatte die Bewegung begonnen.

»Habt ihr das dreiste Mädchen gesehen, wie sie ihn anblickt?« sagten zwei oder drei schöne Mädchen mit keusch niedergeschlagenen Augen unter blonden oder schwarzen Wimpern, und die unter den Tänzern mindestens einen, wenn nicht zwei Liebhaber hatten. Es war wahr, sie sah ihn viel an, aber sie hatte die Entschuldigung, dass er der erste, der einzige junge Mann war, auf den sie je in ihrem Leben geachtet.

Als sie sich am Morgen verließen, wie alles auseinander gegangen war, beim ersten eisigen Tagesgrauen, hatten sie sich auf besondere Weise Lebewohl gesagt, wie zwei Verlobte, die sich den nächsten Tag wiederfinden sollten. Und beim Heimgehen war sie mit ihrem Vater über denselben Platz geschritten, gar nicht müde, sondern leicht und fröhlich, glückselig zu atmen; ja, sie liebte sogar den Rauhreif draußen und das traurige Tagesgrauen und fand alles köstlich und alles lieblich.

Die Mainacht war schon längst hereingebrochen, alle Fenster hatten sich allmählich mit leisem Kreischen im Eisenwerk geschlossen. Gaud saß noch immer da und ließ das ihrige offen. Die wenigen letzten Vorübergehenden, die im Dunkeln die weiße Haube noch unterscheiden konnten, mussten sich sagen: »Dort träumt sicher ein Mädchen von ihrem Geliebten!« – Und es war wahr, sie träumte von ihm, und mit nicht wenig Lust zu weinen – ihre weißen Zähne bissen die Lippen und verdarben beständig das Grübchen, welches den Umriss ihres frischen Mundes auszeichnete. Ihre Augen starrten in die Finsternis und sahen nichts von den wirklichen Dingen –

... Aber nach dem Ball, warum war er nicht wiedergekommen? Welche Veränderung in ihm! Als sie ihm zufällig begegnete, schien er sie zu fliehen, indem er die Augen abwandte, die sich immer so rasch bewegten. Oft hatte sie darüber mit Sylvester gesprochen, der es auch nicht begriff:

»Und gerade Den solltest du doch heiraten, Gaud, wenn dein Vater es erlaubte«, sagte er; »Du findest in der ganzen Gegend keinen von seinem Werte. Zuerst muss ich dir sagen, dass er sehr brav ist, obgleich er nicht so aussieht; furchtbar selten betrinkt er sich; er setzt wohl manchmal seinen Kopf auf, aber im Grunde ist er doch ganz sanft. Nein, du kannst nicht wissen, wie gut er ist. Und ein Seemann! Für jede Fischzeit streiten sich die Kapitäns um ihn –«

Ihres Vaters Erlaubnis war sie sicher; er hatte sich noch nie ihren Wünschen widersetzt. Dass er nicht reich war, das war ihr ganz gleichgültig. Erstens brauchte ein Seemann wie er nur ein wenig Vorschuss, um sechs Monate in die Steuermannsschule zu gehen, und er würde ein Kapitän werden, dem jeder Rheder seine Schiffe anvertraute. Auch dass er fast ein Riese war, machte ihr nichts; zu stark zu sein, kann höchstens bei einer Frau zum Fehler werden, männlicher Schönheit tut das keinen Eintrag.

Anderwärts hatte sie sich, ohne sich den Anschein zu geben, bei den Mädchen der Gegend, die alle Liebesgeschichten kannten, nach ihm erkundigt: er war nirgends gebunden; an keiner schien er mehr zu halten, als an der andern; rechts und links, in Lizardieux wie in Paimpol ging er mit der Schönen, die ihn eben wollte.

An einem Sonntag Abend spät hatte sie ihn unter ihren Fenstern vorübergehen sehen, an seinem Arme und dicht an ihn geschmiegt eine gewisse Jeanie Caroff, die wohl sehr hübsch war, aber einen sehr schlechten Ruf hatte.

Das aber hatte ihr bitter weh getan.

Man hatte sie auch versichert, er sei sehr heftig; an einem Abend in Paimpol, da er etwas angetrunken gewesen, in einem Kaffeehaus, in dem die Isländer ihre Feste abhalten, habe er einen großen Marmortisch durch eine Türe geschleudert, die man ihm nicht öffnen wollte.

Das alles verzieh sie ihm: man weiß ja, wie die Seeleute manchmal sind, wenn es sie packt. Aber wenn er ein gutes Herz hatte, warum war er gekommen, sie abzuholen, sie, die an nichts dachte, um sie hernach zu verlassen? Was brauchte er sie eine ganze Nacht mit dem schönen, scheinbar so offenen Lächeln anzuschauen; was brauchte er ihr mit sanfter Stimme Mitteilungen zu machen, wie einer Braut? Jetzt war sie nicht mehr im Stande, zu wechseln und einen andern lieb zu haben. Als sie noch ganz klein war, hatte man die Gewohnheit, ihr scheltend zu sagen, sie sei ein böses Kind, eigensinnig in ihrem Köpfchen wie kein anderes; das war ihr geblieben. Nun war sie ein schönes Fräulein, ein wenig ernst und hochmütig in ihrem Benehmen, das niemand gemodelt hatte, im Grunde aber ganz dieselbe.

Nach dem Ball war der ganze Winter in der Erwartung, ihn wiederzusehen, hingegangen, und nun war er nicht einmal gekommen, von ihr vor der Abfahrt nach Island Abschied nehmen. Jetzt, wo er nicht mehr da war, gab es nichts mehr für sie auf der Welt;

die verlangsamte Zeit schien zu schleichen – bis zur Wiederkehr im Herbst, wo sie beschlossen hatte, sich Klarheit zu verschaffen, um damit fertig zu werden.

Elf auf der Stadthausuhr, – es schlug mit dem eigentümlichen Vollklang der Glocken in stillen Frühlingsnächten. In Paimpol ist 11 Uhr sehr spät; da schloss Gaud ihr Fenster und zündete ihre Lampe an, um schlafen zu gehen.

Vielleicht war es bei Yann auch nur Schüchternheit, oder, da auch er stolz war, die Furcht, einen Korb zu bekommen, weil sie ihm zu reich schien? ... Sie wollte es ihn schon ganz einfach selbst fragen; aber da war es Sylvester gewesen, der gemeint hatte, das ginge nicht, es passe sich nicht für ein junges Mädchen, es wäre herausfordernd. In Paimpol tadelte man schon so wie so ihr Wesen und ihre Kleidung ...

Sie zog sich mit der zerstreuten Langsamkeit eines träumenden Mädchens aus: zuerst ihre Musselinhaube, dann ihr elegantes, städtisch sitzendes Kleid, das sie nachlässig auf einen Stuhl warf. Dann nahm sie das lange Fräuleinkorsett ab, über das die Leute viel schwätzten, wegen seines Pariser Zuschnittes.

Dabei wurde ihre befreite Gestalt sehr viel vollkommener; nicht mehr zusammengedrückt und nach unten verengt, nahm sie ihre natürlichen Linien wieder an, die weich und rund waren, wie an einer Marmorstatue; bei jeder Bewegung änderte sich der Anblick, und jede ihrer Bewegungen war reizvoll anzuschauen.

Die kleine Lampe, die allein zu der späten Stunde brannte, beleuchtete Schultern und Brust in geheimnisvoller Weise, die wunderbare Gestalt, die noch kein Auge gesehen, und die wahrscheinlich für alle verhüllt bleiben, ungeschaut verwelken würde, da Yann sie nicht haben wollte.

Sie wusste wohl, dass sie ein hübsches Gesicht habe, aber sie ahnte nichts von ihres Körpers Schönheit. Übrigens ist diese Schönheit in diesem Teil der Bretagne bei Island-Fischerkindern ein Kennzeichen der Rasse; man achtet kaum darauf, und selbst die kokettesten unter ihnen würden sich schämen, sie sehen zu lassen. Nein, das sind nur die raffinierten Städter, die auf diese Dinge so viel Wert legen, um sie zu modellieren oder zu malen.

Nun begann sie, die Haarschnecken über ihren Ohren aufzulösen, und die beiden Zöpfe fielen über ihren Rücken wie zwei schwere Schlangen. Dann hob sie sie wie eine Krone auf den Scheitel, um bequemer zu schlafen, und mit ihrem geraden Profil sah sie nun aus wie eine römische Jungfrau. Doch blieben ihre Arme gehoben, und immer noch ihre Lippe beißend, wühlte sie in ihren blonden Zöpfen, wie ein Kind, das ein Spielzeug bearbeitet, während es an etwas anderes denkt.

Dann ließ sie sie wieder fallen und begann, sie sehr schnell aufzumachen, zu ihrem Vergnügen, um sie auszubreiten; bald war sie bis über die Hüften von ihrem Haare eingehüllt und sah nun aus wie eine Druidenpriesterin des Waldes.

Und auf einmal war doch der Schlaf gekommen, trotz der Liebe und trotz der Lust zu weinen, und rasch warf sie sich auf ihr Bett, ihr Gesicht in die seidenen Haarwellen bergend, die wie ein Schleier über sie gebreitet waren ...

In ihrer Hütte in Ploubazlanec war die Großmutter Moan, die schon auf des Lebens anderem, dunklem Abhang stand, auch endlich eingeschlafen, mit dem eisigen Schlaf der Greise, in Gedanken an ihren Enkel und an den Tod.

Und zur nämlichen Stunde, an Bord der Marie, auf dem Polarmeer, das an diesem Abend sehr unruhig war, sangen Yann und Sylvester, die beiden Ersehnten, sich Lieder zu, indem sie lustig fischten, beim endlosen Tageslicht.

6.

Etwa einen Monat später – im Juni. Um Island war die Art Wetter, die die Matrosen »Weiße Stille« nennen; d. h. nichts rührte sich in der Luft, als wären alle Brisen erschöpft, zu Ende. Der Himmel hatte sich mit einem großen weißlichen Schleier bedeckt, der nach unten hin düsterer wurde und nach dem Horizont in Bleigrau überging, in matte Zinnfarbe.

Darunter hatten die regungslosen Wasser einen bleichen Glanz, der die Augen ermüdete und der ein Gefühl von Kälte gab.

Diesmal war es nur der wechselvolle Moiréeglanz, der über die See spielte, in ganz leisen Ringen, wie wenn man über einen Spiegel haucht. Die ganze schimmernde Weite schien von einem Netz unbestimmter flüchtiger Zeichnungen bedeckt, die sich verschlangen und wieder zergingen, rasch verlöscht. Ewiger Abend oder ewiger Morgen, es war unmöglich, es zu bestimmen: Eine Sonne, die keine Stunde mehr zeigte, stand ewig da ob dem Glanze der toten Welt und war selbst nichts weiter als auch ein Ring, fast ohne Umrisse, ins Unendliche vergrößert durch einen trüben Hof.

Yann und Sylvester fischten miteinander und sangen: »*Jean-François de Nantes*«, das Lied, das kein Ende hat, sich an seiner Einförmigkeit belustigend und sich von der Seite anblickend, um über die kindliche Komik zu lachen, mit der sie unablässig die Verse wieder aufnahmen, jedesmal mit neuem Schwung. Ihre Wangen waren rosig bei der salzigen Frische der Luft, die sie einatmeten und die belebend und jungfräulich war; sie sogen die Brust voll an der Quelle aller Kraft und allen Seins.

Und dennoch war um sie her ein Nichtleben, eine vergangene oder noch nicht erschaffene Welt; das Licht hatte gar keine Wärme: die Dinge standen unbeweglich, wie für ewig erstarrt, unter dem großen, gespenstischen Auge, das die Sonne war. Die Marie warf über die Fläche einen langen Schatten hin, wie am Abend, der auf dem glattgeschliffenen Spiegel grünlich erschien und des Himmels Weiße widerstrahlte. Und in dieser schattigen Stelle, die nicht zitterte, konnte man in der Durchsichtigkeit des Wassers sehen, was darunter vor sich ging: unzählige Fische, Myriaden – Myriaden, alle gleich, glitten leise in der nämlichen Richtung dahin, als hätten sie ein Ziel ihrer ewigen Reise. Es waren die Stockfische, die gemeinschaftlich ihre Bewegungen ausführten, alle in langen Streifen wie graue Einschnitte, und die fortwährend von leichtem Zittern bewegt waren, was dieser Masse schweigender Lebewesen etwas Flüssiges verlieh. Manchmal, mit einem raschen Schlage des Schwanzes, drehten sie sich alle zugleich um und zeigten ihren glänzend silbernen Leib, und dann, mit demselben Schwanzschlag, wieder eine gleichzeitige Umdrehung, die sich durch die ganze Masse wie eine langsame Wellenbewegung fortsetzte, als wenn Tausende von Metallklingen zwischen den Wassern aufblitzten.

Die Sonne, die schon sehr tief stand, senkte sich noch mehr, also war es wirklich Abend. Je mehr sie sich der bleigrauen Zone näherte, je gelber wurde sie, und ihr Kreis wurde schärfer, wirklicher. Man konnte hineinstarren wie in den Mond. Doch leuchtete sie; nur meinte man, sie sei gar nicht fern im Raume, als brauchte man nur mit seinem Schiff bis an den Horizont zu fahren, um den großen trüben Ball zu erreichen, der nur einige Meter über dem Wasser schwebte. Der Fischfang ging ziemlich schnell; wenn man ins stille Wasser schaute, konnte man dem Dinge ganz gut zusehen: die Stockfische bissen mit einer gierigen Bewegung an; dann schüttelten sie sich ein wenig beim Stich, als wenn sie sich das Mäulchen besser einhaken wollten. Und schnell, von Minute zu Minute, zogen die Fischer mit beiden Händen ihre Leine heraus, das Tier dem zuwerfend, der es ausnehmen und flach schlagen sollte ...

Die Paimpoleser Flotille war auf dem stillen Spiegel zerstreut, diese Wüste belebend. Hie und da erschienen kleine ferne Segel, die nur zum Scheine ausgebreitet waren, da nichts wehte, und die sich sehr weiß auf dem Grau in Grau des Horizontes abhoben.

An dem Tage schien das Handwerk der Islandfischer so ruhig, so leicht; – ein Geschäft für junge Damen ...

Jean-François de Nantes,
Jean-François
Jean-François!

So sangen sie, die beiden großen Kinder!

Und Yann kümmerte es wenig, dass er so schön war und so vornehm aussah. Übrigens wurde er nur für Sylvester zum Kinde und sang und spielte nur mit ihm; mit den andern war er verschlossen und eher stolz und finster; – doch sehr sanft, wenn man ihn nötig hatte; immer gut und dienstbereit, wenn man ihn nicht reizte.

Die beiden sangen dieses Lied; die beiden anderen, einige Schritte weiter, sangen etwas anderes, eine andere Melodie, voll Schläfrigkeit und unbestimmter Melancholie.

Man langweilte sich nicht, und die Zeit verging. Unten in der Kajüte war immer Feuer, welches tief in einem eisernen Herde glomm; der Deckel der Schiffsluke war geschlossen, um denen, die drunten schlafen wollten, das Gefühl zu geben, als wäre es Nacht. Sie brauchten nur sehr wenig Luft zum Schlafen; weniger kräftige Leute, in Städten erzogen, hätten mehr nötig gehabt. Aber wenn sich die Brust bis in ihre tiefste Tiefe hinein den ganzen Tag mit unendlicher Luft gefüllt hat, dann schläft man ein und rührt sich nicht mehr; man kann sich in das kleinste Loch verkriechen wie die Tiere.

Nach seinem Viertel legte sich jeder nach seiner Laune, zu irgend welchem Augenblick, da es auf die Stunde nicht ankam, in der fortwährenden Tageshelle. Und trefflich war immer der Schlaf, ohne Erregung, ohne Träume, in dem man von allem ausruhte.

Wenn zufällig der Gedanke an die Frauen obenauf war, ja das beunruhigte die Schläfer: wenn's ihnen einfiel, dass in sechs Wochen der Fischfang zu Ende sein würde und dass sie bald neue Liebchen haben würden, oder die alten wiederfinden, dann gingen die Augen wieder groß auf.

Aber das kam selten; und dann dachte man ganz brav an die Frauen, die Bräute, die Schwestern, die Eltern … mit der Gewohnheit der Enthaltsamkeit schlafen auch die Sinne ein, für lange Zeit.

Jean-François de Nantes,
Jean-François
Jean-François!

Jetzt bemerkten sie, am äußersten grauen Horizonte, etwas Unerkennbares. Ein ganz kleiner Rauch stieg aus den Wassern auf wie ein mikroskopischer Schweif von einem anderen Grau, ein ganz klein wenig dunkler als das Grau des Himmels. Ihre Augen, die gewohnt waren, die Tiefen zu ergründen, hatten es bald erschaut.

»Ein Dampfschiff dort drüben!«

»Mich dünkt«, sagte der Kapitän scharf hinblickend; »mich dünkt, es ist ein Staatsdampfer – der Kreuzer, der die Runde macht …«

Dieser schwache Rauch brachte den Fischern Nachricht von Frankreich und unter Anderm einen gewissen Brief von einer alten Großmutter, durch die Hand eines schönen jungen Mädchens geschrieben.

Er näherte sich langsam; bald sah man seine schwarze Schale, – es war wirklich der Kreuzer, der in den westlichen Fjorden die Runde machte.

Zugleich hatte sich eine leichte Brise erhoben, die scharf einzuatmen war; sie marmorierte an einigen Stellen die Oberfläche der toten Gewässer; auf dem glänzenden Spiegel zeichneten sich blaugrüne Striche, die sich in lange Streifen hinauszogen, sich wie Fächer ausbreiteten oder sich verzweigten wie Seesterne. Das alles ging sehr schnell, mit einem Rauschen; es war wie ein Signal des Erwachens, das Ende dieser ungeheuren Verschlafenheit ankündigend. Sich von seinem Schleier befreiend, wurde der Himmel klar; die Dünste sanken auf den Horizont hinab und türmten sich dort wie Haufen grauer Watte auf, weiche Mauern rings um das Meer bildend. Die beiden endlosen Spiegel zwischen denen die Fischer waren – der oben und der unten – wurden wieder tief durchsichtig, als hätte man den Beschlag weggewischt, der sie getrübt. Das Wetter änderte sich, aber zu rasch, nichts Gutes bedeutend.

Und von verschiedenen Punkten der See von verschiedenen Seiten der Meeresfläche kamen die Fischerbarken an: alle aus Frankreich, die in diesen Gegenden schweiften, von der Bretagne, der Normandie, von Boulogne oder Dünkirchen. Wie Vögel, die sich bei einem Lockruf sammeln, so fuhren sie auf den Kreuzer zu; sie kamen sogar aus den fernsten Ecken des Horizontes, und ihre kleinen grauen Segel erschienen überall. Sie bevölkerten die bleiche Wüste.

Kein langsames Treibenlassen mehr, sie hatten ihre Segel der frischen Brise entgegen gespannt und suchten Schnelligkeit zu gewinnen, um sich zu nähern. Das ferne Island war auch erschienen, als wollte es herannahen wie sie; es zeigte gleichsam widerwillig immer klarer seine hohen nackten Felsgebirge, die noch nie anders als seitwärts und von unten beleuchtet worden sind. Es setzte sich sogar fort, in ein zweites Island hinein, von ähnlicher Farbe, das allmählich deutlicher wurde; – aber das war nur ein Fabelland, dessen riesigere Gebirge weiter nichts waren als Wolkenmassen. Und die Sonne, immer niedrig dahinschleichend, unfähig, sich über die Welt zu erheben, schien durch diese Scheininsel hindurch, dass es aussah, als ob sie davorstünde, und dass die Augen es nicht fassen konnten. Ihr Hof war verschwunden, und ihre runde Scheibe hatte ganz scharfe Umrisse angenommen; so erschien sie wie ein armer gelber sterbender Planet, der dort unschlüssig, inmitten des Chaos stehen geblieben.

Der Kreuzer hatte gestoppt und war nun von der Plejade der Isländer umringt. Von allen diesen Schiffen lösten sich Boote wie Nussschalen, die ihm rauhe Männer an Bord brachten, mit langen Bärten und ziemlich wildem Aufzuge. Sie hatten alle um etwas zu bitten, wie die Kinder, um Heilmittel für kleine Wunden, um Flickereien, Mundvorrat, Briefe. Andere kamen, von ihrem Kapitän geschickt, um sich in die Eisen legen zu lassen für eine Meuterei, die zu sühnen war; da sie alle im Staatsdienst gewesen, fanden sie das ganz natürlich. Und als das schmale Hinterdeck des Kreuzers durch vier oder fünf der langen Burschen versperrt war, die alle mit der Kugel am Fuß dalagen, sagte der alte Schiffsherr, der sie ins Eisen geschlossen: »Legt euch doch quer, Jungens, dass man durchkann!« was sie folgsam, mit einem Lächeln taten.

Diesmal gab es viele Briefe für die Isländer, unter anderen zwei für die Marie, Kapitän Guermeur, einen an Herrn Gaos, Yann, den andern an Herrn Moan Sylvester (Letzterer über Dänemark und Reykjavik, wo der Kreuzer ihn abgeholt). Der Wagenmeister schöpfte aus seinem Leinensack und verteilte den Inhalt unter sie; oft hatte er etwas Mühe, die Aufschriften zu lesen, die nicht immer von sehr geschickten Händen gemacht waren.

Und der Kommandant sagte: »Eilt euch! Eilt euch! Das Barometer sinkt!« –

Es war ihm fatal, alle diese winzigen Nussschalen noch auf der See, und so viele Fischer in so unsicherer Region beisammen zu sehen.

Yann und Sylvester hatten die Gewohnheit, ihre Briefe miteinander zu lesen.

Diesmal war es beim Schein der Mitternachtssonne, die ihnen vom Horizonte leuchtete, immer noch wie ein erloschenes Gestirn.

Abseits sitzend in einer Ecke des Verdecks, die Arme gegenseitig um die Schultern gelegt, lasen sie sehr langsam, als wollten sie sich besser durchdringen lassen von den heimischen Dingen, die ihnen erzählt wurden.

In Yanns Brief fand Sylvester Nachrichten von Marie Gaos, seiner kleinen Braut; in Sylvesters Brief las Yann die komischen Geschichten von der Großmutter Yvonne, die nicht ihres Gleichen hatte im Unterhalten der Abwesenden, und dann den letzten Satz, der ihn anging: »Einen schönen Gruß von mir dem Sohn Gaos.«

Und wie die Briefe fertig gelesen waren, zeigte Sylvester schüchtern den seinigen seinem großen Freunde; er wollte versuchen, ihn die Hand bewundern zu lassen, die ihn niedergeschrieben.

»Sieh mal, das ist eine sehr hübsche Handschrift, nicht wahr, Yann?«

Aber Yann, der sehr wohl wusste, wessen die junge Mädchenhand gewesen, drehte den Kopf weg und zuckte die Achseln, als wollte er sagen, man langweile ihn zuletzt mit dieser Gaud.

Da legte Sylvester das arme kleine verachtete Papier sorgfältig wieder zusammen, steckte es ins Couvert und unter seine Wollenjacke, auf seine Brust und dachte ganz traurig:

»Gewiss werden Die sich nie heiraten, – aber was kann er nur so gegen sie haben?« –

Die Glocke des Kreuzers hatte Mitternacht geschlagen, und sie saßen noch immer da und träumten von ihrem Lande, von den Abwesenden, von tausend Dingen ...

In dem Augenblick begann die ewige Sonne, die ihren untersten Rand ein wenig in die Wasser getaucht hatte, langsam zu steigen.

Und da war es Morgen ...

Zweiter Teil

1.

Sie hatte auch ihre Gestalt und Farbe geändert, die isländische Sonne, und eröffnete den neuen Tag mit einem düstern Morgen. Ganz von ihrem Schleier befreit, sandte sie große Strahlen aus, die den Himmel in Garben durchstrichen, das nahe schlechte Wetter verkündend.

Es war zu schön seit einigen Tagen, das musste eine Ende nehmen. Die Brise wehte über diese Versammlung von Schiffen, als fühlte sie die Notwendigkeit sie auseinander zu jagen, das Meer von ihnen zu befreien, und schon begannen sie sich zu zerstreuen, wie ein aufgeriebenes Heer zu fliehen – vor dieser in die Luft geschriebenen Drohung, über die man sich nicht mehr täuschen konnte.

Es blies immer stärker und machte Menschen und Schiffe erschauern. Die noch kleinen Wellen begannen einander nachzulaufen, sich zu sammeln; zuerst hatten sie sich mit weißem Schaum marmoriert, der sich wie Geifer über sie hin breitete; mit leisem Brodeln stiegen dann Dämpfe auf, als ob es drinnen koche oder brenne, und der zirpende Lärm von dem allen stieg von Minute zu Minute. Man dachte nicht mehr ans Fischen, nur an die Handhabung der Schiffe. Die Leinen waren längst eingezogen. Sie eilten alle fort, die einen, um in den Fjords Schutz zu suchen und bei Zeiten dort anzulangen; die anderen wollten lieber die Südspitze von Island umschiffen; sie fanden die hohe See sicherer, um vor sich freien Raum zu haben und vor den: Winde hin zu segeln. Sie konnten sich gegenseitig noch ein wenig sehen; hie und da tauchten aus den Wogenhöhlungen Segel auf, kleine nasse, müde, fliehende Dinger – aber sich dennoch aufrecht haltend, wie Spielsachen aus

Hollundermark, die man blasend niederlegt und die immer wieder aufstehen.

Die große Wolkenbank, die sich am westlichen Horizont wie eine Insel geballt hatte, ging jetzt von oben auseinander, und ihre Fetzen jagten am Himmel dahin. Sie schien unerschöpflich, diese Wolkenbank; der Wind dehnte sie aus, verlängerte sie, zog sie auseinander, zog endlos dunkle Vorhänge heraus, sie auf dem hellgelben Himmel ausbreitend, der eine tiefe, eisige Blässe angenommen.

Immer stärker blies der große Hauch, der alles bewegte. Der Kreuzer hatte Islands Schutzhäfen aufgesucht; die Fischer blieben allein auf dem unruhigen Meer, das ein böses Gesicht und eine hässliche Färbung annahm. Sie eilten sich mit ihren Vorbereitungen für das schlechte Wetter. Die Entfernungen zwischen ihnen wurden größer, bald sollten sie sich aus den Augen verlieren.

Die spiralförmig gekräuselten Wellen fuhren fort, einander nachzulaufen, sich zu vereinigen, in einander zu greifen, um immer höher zu werden, und zwischen ihnen höhlte sich's aus. In wenig Stunden war alles zerpflügt, umgewälzt in dieser Region, die am Vorabend so ruhig war, und statt der vorherigen Stille war man vor Lärm betäubt. Wie ein plötzlicher Szenenwechsel erschien dies unbewusste und unnötige Aufbrausen, das so schnell vor sich ging. Zu welchem Zweck dies alles? Welch' Geheimnis blinder Zerstörungswut. – Die Wolken entfalteten sich vollends in der Luft, immer von Westen kommend, sich über einander türmend, eilig, hastig, alles verdunkelnd. Einige gelbe Risse blieben allein übrig, durch welche die Sonne von unten ihre letzten Strahlengarben sandte, und das Wasser, das ganz grün war, wurde immer fleckiger vom weißen Gischt. Mittags hatte die Marie bereits ganz ihr Schlechtwetteraussehen. Mit geschlossenen Luken und eingezogenen Segeln tanzte sie leicht und elastisch dahin; – mitten unter der beginnenden Verwirrung sah sie aus, als spiele sie, wie die großen Delphine, die der Sturm belustigt. Sie hatte nur noch ihren Fockmast und »floh vor dem Wetter«, wie die Seeleute die Gangart nennen.

Droben war es vollkommen dunkel geworden, ein geschlossenes, erdrückendes Gewölbe mit einigen kohlschwarzen Tiefen darin, die sich darauf zu unförmlichen Flecken ausdehnten. Es schien fast ein unbeweglicher Dom, und man musste scharf hinsehen, um zu begreifen, dass es im Gegenteil eine schwindelnde Bewegung war: große graue Tücher, die vorübereilten, immer durch neue ersetzt, die aus des Horizontes Gründen aufstiegen, Draperien aus Dunkelheiten gewoben, die sich von einem endlosen Gewinde abrollten.

Sie floh vor dem Wetter, die Marie, floh immer schneller, – und das Wetter war auch auf der Flucht, vor etwas Geheimnisvollem und Furchtbarem. Die Brise, die See, die Marie, die Wolken, alles war von wahnsinniger Flucht und Geschwindigkeit erfasst, alles in nämlicher Richtung. Was am schnellsten ausgriff, das war der Wind; dann das mächtige Heben der hohlen See, die schwerer, langsamer ihm nachlief, und dann die Marie, die von der allgemeinen Bewegung fortgerissen war. Die Wellen verfolgten sie, mit ihren bleichen Kämmen in unablässigem Stürzen dahinrollend, und sie – obgleich immer erreicht und immer überholt – entschlüpfte ihnen dennoch, durch ein geschicktes Furchen, hinter sich einen Wirbel, an dem der Wellen Wut sich brach.

Und was man bei dieser Sturmschnelle am meisten empfand, das war ein Scheingefühl von Leichtigkeit. Ohne Mühe und Anstrengung hüpfte man dahin. Wenn die Marie auf die Woge stieg, war es ohne Erschütterung, als hatte der Wind sie emporgehoben; wenn sie sank, war es ein Gleiten, wobei man das Kribbeln im Leibe empfand, wie beim scheinbaren Fallen in der russischen Schaukel oder im Traum. Es war, als glitte sie zurück, indem der fliehende Berg unter ihr versank um weiterzurasen, und dann stürzte sie in eine der gewaltigen Höhlungen, die ebenfalls liefen; ohne sich zu beschädigen, berührte sie ihren schauerlichen Schlund, in hochaufschäumendem Gischt, der sie nicht einmal benetzte, sondern floh, wie alles Übrige, floh und vorne zerging, wie Rauch, wie nichts … Im Grunde dieser Höhlungen war es schwärzer, und nach jeder zergangenen Woge sah man hinter sich die andere ankommen, die andere, die noch größer war und sich, grün, durchsichtig, aufbäumte; sie eilte zu nahen mit wütendem Winden, mit Überhängen, die sich zu schließen drohten, als wollte sie sagen: »Wart', dass ich dich erwische, dann verschlinge ich dich!« Doch nein, sie hob nur, wie man mit einem Achselzucken eine Feder hebt, und beinahe sanft fühlte man sie unter sich weggleiten, mit ihrem brausenden Schaum, mit ihrem wassersturzartigen Lärm.

Und so fort unaufhörlich. Aber es wurde immer stärker. Die Wogen folgten einander gewaltiger in langen Gebirgsketten, deren Täler einem grausen machten. Und all' dieses wahnsinnige Regen beschleunigte sich, unter einem düsterer und düsterer werdenden Himmel, mit gewaltigem Getöse.

Das war wirklich Sturm, und es hieß Wachen. Aber so lange man nur freien Raum vor sich hat, Raum um zu rasen! – Und dann befand sich die Marie gerade in diesem Jahr in dem westlichsten Teil von Islands Fischereien, so war diese Flucht nach Osten ebensoviel guter Weg, der Rückkehr vorweggenommen.

Yann und Sylvester standen am Steuer festgebunden. Sie sangen immer noch das Lied *Jean-François de Nantes*. Von der Schnelle der Bewegung berauscht, sangen sie aus voller Kehle, und lachten, dass sie sich nicht mehr hören konnten in der Entfesselung der Getöse, und drehten singend den Kopf dem Wind entgegen, bis sie den Atem verloren.

»He Kinder, habt ihr Stubenluft da droben?« fragte Guermeur, indem er den bärtigen Kopf durch die halbgeöffnete Luke steckte, wie ein Teufel aus der Schachtel. O nein! nach Stubenluft roch es hier nicht, gewiss nicht. Sie hatten keine Angst, da sie genau wussten, was zu lenken ist, und der Festigkeit des Fahrzeuges, sowie der Kraft ihrer Arme vertrauten, und auch dem Schutz der tönernen Jungfrau, die schon seit den vierzig Jahren ihrer Islandreisen so oft diesen schlimmen Tanz getanzt und immer lächelte, zwischen ihren gemachten Blumensträußen.

Jean-François de Nantes,
Jean-François,
Jean-François!

Im Ganzen sah man nicht weit um sich her; auf ein paar hundert Schritt schien alles in unbestimmtem Graus zu enden, in bleichen Wogenkämmen, die sich sträubten, die Aussicht verschließend. Man konnte sich inmitten einer engen Bühne wähnen, die nur ewig wechselte, und außerdem war alles in diesem Wasserkunst verschwommen, der wie eine Wolke mit äußerster Schnelligkeit über die See hinjagte.

Aber von Zeit zu Zeit entstand eine Lichtung gegen Nordosten, von wo ein Windumsprung kommen konnte: dann kam ein Streiflicht vom Horizonte, ein Widerschein über die weißen, wogenden Kämme geschlichen, der das Himmelsgewölbe noch finsterer erscheinen ließ. Und diese Lichtung war traurig anzuschauen: diese geahnten Fernen, diese plötzlichen Durchsichten zogen das Herz zusammen; denn sie zeigten nur, dass dasselbe Chaos allenthalben sei, dieselbe Wut, – bis in den großen öden Horizont hinein und unendlich weit darüber hinaus: der Graus hatte keine Grenzen, man war mitten darin allein!

Ein riesiges Geheul stieg aus dem allen empor wie das Vorspiel zur Apokalypse, das Grausen vor dem Weltuntergang verbreitend. Man konnte Tausende von Stimmen unterscheiden: Oben waren sie pfeifend oder dröhnend, so ungeheuerlich, dass sie beinahe entfernt schienen; das war der Wind, die große Seele dieser Empörung, die unsichtbare Macht, die alles lenkte. Das war furchterweckend, aber dann waren noch andere Laute, näher, greifbarer, zerstörungsdrohender, welche im Wasser wühlten und zischten, als wäre eine Kohlenglut darunter ...

Immer noch war es im Wachsen. Und trotz ihrer raschen Flucht fing das Meer an sie zu bedecken, sie zu *fressen*, wie sie sagten: zuerst peitschte von rückwärts die Brandung, dann kamen Sturzwellen mit einer Kraft, als sollte alles zerbrechen. Die Wogen wurden immer höher, immer toller, und doch wurden sie fortwährend zersplittert, so dass große grünliche Fetzen in der Luft schwebten, lauter niederfallendes Wasser, das der Wind rings umher schleuderte. Schwere Massen davon fielen klatschend aufs Verdeck der Marie, die dann ganz in sich erzitterte, wie im Schmerze. Jetzt unterschied man nichts mehr im umhersprühenden weißen Gischt; wenn die Windstöße heftiger heulten, lief er in Wirbeln vor ihnen her, wie im Sommer der Staub der Straßen. Ein starker Regen, der hinzugekommen war, kam seitwärts, beinahe horizontal, und das alles pfiff, peitschte, verwundete wie Geißelriemen.

Sie blieben beide am Steuer, angebunden und sich festhaltend, in Wachsleinen gekleidet, das steif und glänzend war wie Haifischhaut. Sie hatten es am Halse mit geteerter Schnur zugezogen, ebenso an den Handgelenken und Knöcheln, um kein Wasser durchzulassen; alles triefte an ihnen, und wenn es dichter prasselte, machten sie runde Rücken, um nicht umgeworfen zu werden. Die Haut ihrer Wangen biss und brannte, und jeden Augenblick schnitt es ihnen den Atem ab. Nach jeder niederstürzenden Wassermasse sahen sie sich an und lächelten wegen all dem Salz, das sich in ihren Barten gesammelt.

Auf die Länge brachte sie doch eine ungeheure Ermüdung, diese Wut, die nicht nachließ und die immer im rasendsten Toben andauerte. Bei Mensch und Tier ist die Wut bald erschöpft und sinkt; bei den leblosen Dingen muss man sie lange, lange ertragen, weil sie ohne Grund und ohne Ziel ist, geheimnisvoll wie Leben und Tod.

Jean-François de Nantes,
Jean-François,
Jean-François.

Durch ihre Lippen, die weiß geworden waren, drängte sich noch immer der Schlussreim des alten Liedes hindurch, aber wie tonlos, von Zeit zu Zeit wurde er unbewusst immer wieder aufgenommen. Das Übermaß von Bewegung und Lärm hatte sie trunken gemacht, und obwohl sie so jung waren, ihr Lächeln war ein Grinsen über den vor Kälte klappernden Zähnen. Ihre Augen, die unter brennenden, zuckenden Lidern halb geschlossen waren, erstarrten in wilder Bewusstlosigkeit. An das Steuer geschmiedet, wie marmorne Säulen, machten sie mit ihren blauen zusammengekrampften Händen, fast ohne zu denken, die nötigen Bewegungen, einfach durch die Gewohnheit der Muskeln. Mit triefenden Haaren, verzerrtem Munde, sahen sie unheimlich aus, und es erschien in ihnen ein Zug eingefleischter Urwildheit.

Sie sahen sich auch nicht mehr; sie hatten nur noch das Bewusstsein da zu sein, einer neben dem andern. In den gefährlicheren Momenten, jedesmal wenn sich hinter ihnen ein neuer Wasserberg erhob, überhängend, brausend, grässlich, ihr Schiff mit dumpfen Krach treffend, bewegte sich eine ihrer Hände, um unbewusst das Zeichen des Kreuzes zu machen. Sie dachten an gar nichts mehr, weder an Gaud, noch an irgend eine Frau, noch an irgend eine Hochzeit. Es dauerte schon zu lange; sie hatten keine Gedanken mehr. Der Rausch von Lärm, Müdigkeit und Kälte verdunkelte alles in ihrem Kopfe. Sie waren weiter nichts mehr als erstarrte lebendige Pfeiler, die das Steuer festhielten, zwei kraftvolle Tiere, willenlos dort festgekrampft, um nicht zu sterben.

2.

Es war in der Bretagne, nach Mitte September, an einem bereits kühlen Tage. Gaud wanderte allein auf der Heide von Ploubazlanec in der Richtung nach Pors-Even. Seit nahezu einem Monat waren die isländischen Fahrzeuge heimgekehrt – außer zwei, die in diesem Junisturm verschwunden waren. Aber die Marie hatte Stand gehalten. Yann mit allen denen am Bord war ruhig daheim.

Gaud fühlte sich sehr verwirrt, beim Gedanken, dass sie zu diesem Yann ging. Sie hatte ihn seit dieser Heimkehr aus Island ein einzigmal gesehen, als man, alle zusammen, den armen kleinen Sylvester begleitet hatte, bei seiner Abfahrt in den Dienst. (Man hatte ihn bis zum Postwagen begleitet; er weinte ein wenig, die alte Großmutter weinte viel, und er war abgereist, um sein Quartier in Brest aufzusuchen.) Yann, der auch gekommen war, seinen kleinen Freund zu umarmen, hatte so getan, als wende er den Blick ab, wie sie ihn angesehen, und da viele Leute den Wagen umstanden, – andere Ausgehobene, die fortgingen, Verwandte, die versammelt waren, ihnen Lebewohl zu sagen – war es nicht möglich gewesen, sich zu sprechen.

Da hatte sie zuletzt einen großen Entschluss gefasst, und ein wenig ängstlich ging sie, die Gaos zu besuchen. Ihr Vater hatte früher gemeinschaftliche Interessen mit Yanns Vater gehabt, (eins von diesen verwickelten Geschäften, die zwischen Fischern gleichwie zwischen Bauern nie zu Ende kommen), und war ihm etwa hundert Franken schuldig, für den Verkauf einer Barke, beim Verteil des Gewinns.

»Ihr solltet mich das Geld hintragen lassen, Vater«, hatte sie gesagt. »Erstens würde ich gern Marie Gaos sehen, und dann bin ich im Ploubazlanecer Land noch nie so weit gewesen, und dann würde es mir Spaß machen, einen so großen Gang zu tun.«

Im Grunde hatte sie eine ängstliche Neugierde, Yanns Familie zu sehen, in die sie vielleicht eines Tages eintreten sollte, und das Haus und das Dorf.

In einem letzten Gespräch vor der Abreise hatte Sylvester auf seine Art das scheue Fernbleiben seines Freundes erklärt:

»Siehst du, Gaud, das ist, weil er so ist; er will sich mit niemand verheiraten, es ist so eine Idee von ihm; er liebt die See und hat uns sogar einmal zum Spaß gesagt, er habe ihr die Ehe versprochen.«

Sie verzieh' ihm daher sein Wesen, und da sie seit dem Ball in ihrem Gedächtnis immer sein treuherziges Lächeln von jener Nacht fand, so begann sie wieder zu hoffen. Sollte sie ihm dort begegnen in seinem Heim, so würde sie ihm nichts sagen, gewiss nicht. Sie hatte nicht die Absicht, so dreist zu erscheinen. Aber er, wenn er in der Nähe sie wiedersähe, würde vielleicht sprechen ...

3.

Sie ging seit einer Stunde, leichtfüßig, erregt und die erfrischende Seebrise einatmend. Es waren große Stationen an allen Kreuzwegen aufgepflanzt. Von Zeit zu Zeit kam sie durch kleine Fischerdörfer, die das ganze Jahr vom Wind gepeitscht werden und die die Farbe der Felsen haben. In dem einen, wo der Pfad sich plötzlich zwischen düstern Mauern verengte, zwischen hohen, spitzen Strohdächern, wie keltische Hütten, musste sie über das Schild einer Schenke lächeln: Zum chinesischen Apfelwein: Man hatte zwei Chineslein mit Zöpfen in Grün- und Rosakleidern abgemalt, die Apfelwein tranken. Das war sicher die Idee von einem alten Matrosen, der von dort wiedergekommen war. Im Vorübergehen sah sie alles an; Leute, die mit dem Ziel ihrer Reise sehr beschäftigt sind, schenken den tausend Einzelheiten des Wegs stets mehr Aufmerksamkeit als andere. Das kleine Dorf hatte sie schon weit zurückgelassen, und je weiter sie auf dem letzten Vorsprung des bretonischen Landes dahinschritt, je seltener wurden die Bäume um sie her, je trauriger die Gegend. Der Boden war wellig, felsig und von allen Höhen sah man das weite Meer. Nun hörten die Bäume ganz auf. Ringsum, nichts als kahle Heide mit grünen Stechginstern, und hie und da die göttlichen Gekreuzigten, deren große Kreuzesarme sich auf dem Himmel abzeichneten und der ganzen Gegend das Aussehen einer ungeheuren Richtstätte verliehen. An einem Kreuzwege, mit einem dieser großen Christusbilder, schwankte sie zwischen zwei Wegen, die sich zwischen Dornenhecken hinzogen. Ein kleines Mädchen kam rechtzeitig daher, sie aus der Verlegenheit zu befreien.

»Guten Tag, Fräulein Gaud.« Es war eine kleine Gaos, eine kleine Schwester von Yann. Sie küsste sie und frug, ob ihre Eltern zu Hause seien. »Vater und Mutter ja, nur mein Bruder Yann ist nach Loguivy gegangen«, sagte die Kleine ohne jede Absicht, »aber ich denke, er wird nicht lange draußen bleiben.«

Also er war nicht da! Da war wieder der Unstern, der ihn immer und überall von ihr entfernte. Den Besuch aufschieben für ein andermal? Wohl dachte sie daran; aber diese Kleine, die sie auf dem Wege gesehen, die davon sprechen konnte ... was würde man davon in Pors-Even denken. Da entschloss sie sich, weiter zu gehen, so viel wie möglich zögernd, um ihm Zeit zu geben, nach Hause zu kommen ... Indem sie näher zu Yanns Dorfe kam, dieser verlorenen Landzunge, wurde es ringsumher immer rauher und immer öder. Die starke Seeluft, die die Menschen so kräftig macht, die Pflanzen macht sie niedriger, kürzer, gedrungener, gegen den harten Boden angedrückt. Auf dem Pfade lag Seegras zerstreut, exotisches Gewächs, welches andeutete, dass eine andere Welt nicht ferne fei. Es verbreitete seinen salzigen Geruch in die Luft. Gaud begegnete zuweilen vorübergehenden Seeleuten, die man in dieser kahlen Gegend auf große Entfernung sah, weil sie sich vergrößert auf den hohen und entfernten Wasserlinien abzeichneten. Lotsen oder Fischer, – sie lugten immer aus, als späheten sie in die Weite, als bewachten sie die hohe See. Wenn sie an ihr vorüberkamen, sagten sie ihr guten Tag – gebräunte, sehr männliche und entschiedene Gesichter unter der Seemannsmütze. Die Stunde wollte nicht vorübergehen, und kaum wusste sie mehr, wie sie den Weg verlängern sollte. Die Leute wunderten sich, sie so langsam gehen zu sehen. Und was machte dieser Yann in Loguivy – vielleicht machte er den Mädchen den Hof?

Ach, wenn sie nur gewusst hätte, wie wenig er sich um die Schönen kümmerte; wenn er von Zeit zu Zeit Lust nach einer hatte, brauchte er sich nur zu zeigen; die Mägdlein von Paimpol, wie das alte isländische Lied sagt, widerstehen nicht leicht einem so schönen Burschen; nein, er war einfach gegangen, etwas zu bestellen bei einem gewissen Korbmacher jenes Dorfes, der allein in der Gegend die richtige Art hatte, Hummerkörbe zu flechten. Ihm stand der Sinn sehr wenig nach Liebe in diesem Augenblick.

Gaud kam an eine Kapelle, die man von Weitem auf einer Anhöhe sah; es war eine graue, kleine und sehr alte Kapelle, mitten in der Düne; ringsum eine Baumgruppe, die auch grau war und entlaubt, glich fast einem Haarwuchs, Haare, die alle auf eine Seite geschoben schienen, als wäre eine Hand hindurchgefahren. Und das war dieselbe Hand, die die Schifferbarken scheitern machte, die ewige Hand der Westwinde, welche in der Richtung der Wogen und der Flut auch die Äste am Strande windet und niederlegt. Schief und zerrauft waren diese alten Bäume gewachsen, die den Rücken bogen unter dem hundertjährigen Druck jener Hand. Gaud war fast am Ende ihres Ganges angelangt; denn das war die Kapelle von Pors-Even; da hielt sie an, um noch Zeit zu gewinnen. Eine zerfallende kleine Mauer bezeichnete eine Einfriedigung, die Kreuze einschloss. Alles hatte dieselbe Farbe, die Kapelle, die Bäume, die Gräber; der ganze Platz schien einförmig verbrannt und zernagt vom Seewind; graue Flechten mit schwefelgelben Flecken bedeckten gleichmäßig die Steine, die knorrigen Äste und die Heiligen aus Granit, die in den Mauernischen standen.

Auf einem dieser Holzkreuze stand in großen Buchstaben ein Name: Gaos – Gaos Joël, achtzig Jahre.

Ah ja! der Großvater; das wusste sie. Den hatte das Meer nicht gewollt, den alten Seemann. Übrigens mussten ja mehrere Verwandte von Yann in dieser Einfriedigung schlafen; es war natürlich; sie hätte darauf gefasst sein sollen, und dennoch machte ihr der Name, auf diesem Grabe gelesen, einen schmerzlichen Eindruck.

Um noch einen Augenblick zu verlieren, trat sie unter die uralte, kleine, verwitterte, mit weißem Kalk überstrichene Vorhalle, um ein Gebet zu sagen. Aber dort blieb sie stehen, da ihr Herz sich noch mehr zusammenschnürte.

Gaos! wieder der Name auf eine der Tafeln eingegraben, die man im Andenken an diejenigen aufstellt, die auf hoher See umkommen. Sie begann die Inschrift zu lesen:

In Erinnerung an Gaos, Jean Louis,
24 Jahre alt, Matrose am Bord der Marguerite,
In Island verschwunden, d. 3. August 1877.
Er ruhe in Frieden!

Island und immer Island! Allenthalben waren an diesem Kapellen-eingang andere Holztafeln angenagelt, mit den Namen verstorbener Seeleute. Es war die Ecke der Untergegangenen von Pors-Even, und sie bereute, hierher gekommen zu sein, von düsterer Vor-ahnung überfallen. In Paimpol in der Kirche hatte sie wohl schon solche Inschriften gelesen; aber hier im Dörfchen war es kleiner, rauher, wilder, das leere Grab der Islandfischer. Auf jeder Seite war eine Granitbank für die Witwen, für die Mütter, und dieser niedere, unregelmäßige Raum, einer Grotte ähnlich, war von einer sehr alten

Madonna bewacht, die rosa übermalt war und mit ihren großen bösen Augen eher der Cybele glich, der Urgöttin der Erde.

Gaos wieder!

In Erinnerung an
Gaos, François,
Ehemann von Anne-Marie Le Goaster,
Kapitän an Bord des Pimpolais,
In Island verloren vom 1ten bis 3ten April 1877,
mit 23 Leuten, die seine Bemannung bildeten.
Mögen sie in Frieden ruhen!

Und darunter zwei Totenknochen ins Kreuz gelegt unter einem schwarzen Schädel mit grünen Augen, eine naive Totentanzmalerei, die an die Barbarei einer vergangenen Zeit gemahnte.

Gaos! überall der Name!

Ein anderer Gaos, Yves genannt, vom Bord seines Fahrzeuges geschleudert und verschwunden in der Nähe von Norden-Fjord in Island, im Alter von 22 Jahren. Die Tafel schien seit langen Jahren dort zu sein, der war wohl ganz vergessen, der da ...

Während sie las, fühlte sie für Yann ein Gefühl von sanfter und auch etwas verzweifelter Zärtlichkeit aufwallen. Niemals, nein, niemals würde er der Ihre sein! Wie sollte sie ihn der See abringen, in der so viele andere Gaos gescheitert, Ahnen, Brüder, die tiefgehende Ähnlichkeit mit ihm gehabt haben mussten.

Sie trat in die schon dunkelnde Kapelle ein, die kaum von den niederen Fenstern in der dicken Mauer erleuchtet war. Und mit dem Herzen voll Tränen, die hervordrängten, kniete sie dort nieder, um vor Heiligen von enormer Höhe zu beten, die, von groben Blumen umgeben, das Gewölbe mit den Häuptern berührten. Draußen fing der Wind, der sich erhoben, zu stöhnen an, als trüge er in das bretonische Land die Klagen seiner jungen Toten.

Der Abend nahte; endlich musste doch der Entschluss gefasst werden, den Besuch zu machen, sich des Auftrags zu entledigen. Sie nahm den Weg wieder auf, und nachdem sie sich im Dorfe erkundigt, fand sie das Haus der Gaos, an eine hohe Klippe gelehnt. Auf einem Dutzend Granitstufen stieg man zu ihm empor. Zitternd bei dem Gedanken, Yann könnte heim gekommen sein, ging sie durch das Gärtchen, in dem Ehrenpreis und Chrysanthemum wuchsen.

Beim Eintreten sagte sie, sie brächte das Geld von der verkauften Barke, man hieß sie sehr höflich niedersitzen, um den Vater zu erwarten, der ihr die Quittung unterschreiben würde. Unter all' den Leuten, die da waren, suchten ihre Augen nach Yann; aber sie sah ihn nicht.

Man war im Hause sehr beschäftigt. Auf einem großen, schön weißen Tisch schnitt man aus einem Stück neuen Kattuns die wachsleinenen Anzüge für die nächste Islandfahrt.

»Denn sehen Sie, Fräulein Gaud, jeder muss für dort zwei vollkommene Anzüge zum Wechseln haben!« –

Man erklärte ihr dann, wie man es machte, sie anzustreichen und zu wichsen, diese Gewänder des Elends. Und während man ihr das genau auseinandersetzte, wanderten ihre Augen aufmerksam durch die Wohnung der Gaos.

Sie war in der herkömmlichen Art bretonischer Hütten eingerichtet; ein ungeheures Kamin füllte den Hintergrund; Betten in Schränken bauten sich auf den Seiten auf. Aber sie war weder so düster noch so melancholisch als die Taglöhnerhütten, die immer halb unter der Erde am Wegrande sind; es war dort hell und reinlich, wie gewöhnlich bei Seeleuten.

Mehrere kleine Gaos waren da, Buben und Mädchen, alle Geschwister Yanns, zwei große abgerechnet, die schon zur See waren. Und dann war noch obendrein eine ganz kleine traurige und sehr säuberliche Blondine da, die den anderen nicht glich.

»Eins, das wir voriges Jahr angenommen haben«, erklärte die Mutter. »Wir hatten schon viele; aber was wollen Sie, Fräulein Gaud! Ihr Vater war von der ›Maria, Gott liebt dich‹, die voriges Mal in Island verloren ging, wie Sie wissen, – da hat man sich die fünf Kinder unter Nachbarn verteilt und dies ist uns zugefallen.«

Wie sie hörte, dass man von ihr sprach, lächelte das kleine Adoptivkind, indem sie das Köpfchen bückte und sich hinter den kleinen Laumec Gaos, ihren Liebling, versteckte.

Das ganze Haus hatte einen behäbigen Anstrich, und man sah die frische Gesundheit auf all' den rosigen Kinderwangen blühen.

Man empfing Gaud mit großer Zuvorkommenheit, wie ein schönes Fräulein, dessen Besuch eine Ehre für die Familie ist. Auf einer ganz neuen weißen Holztreppe wurde sie in die Oberkammer geführt, den Stolz des Hauses. Sie erinnerte sich der Geschichte genau, wie das Stockwerk gebaut worden, in Folge eines gefundenen Schiffes in der manche, durch den Vater Gaos und seinen Vetter, den Lotsen. In der Ballnacht hatte ihr das Yann erzählt.

Dieses Wrackzimmer war hübsch und freundlich in seiner weißen Neuheit; es standen dort zwei städtische Betten mit rosa Kattunvorhängen und ein großer Tisch in der Mitte. Durch das Fenster sah man ganz Paimpol, die ganze Rhede, mit den Isländern dort vor Anker, und die enge Straße, durch die sie hinausfahren.

Sie wagte nicht zu fragen, aber sie hätte gar zu gern gewusst, wo Yann schlief; natürlich hatte er als Kind unten gewohnt, in einem dieser alten Bettschränke. Aber jetzt war es vielleicht hier, zwischen den schönen rosa Vorhängen. Sie hätte gerne alle Kleinigkeiten seines Lebens kennen gelernt; besonders hätte sie gern gewusst, womit er die langen Winterabende zubrachte. Ein etwas schwerer Schritt auf der Treppe machte sie zusammenzucken.

Nein, es war nicht Yann, aber ein Mann, der ihm ähnelte, trotz seiner bereits weißen Haare, der fast seine hohe Gestalt hatte, und der sich so gerade hielt wie er; es war der Vater Gaos, der vom Fischfang heimkehrte.

Nachdem er sie begrüßt und nach der Ursache ihres Besuches sich erkundigt, unterschrieb er ihr die Quittung, und es dauerte ein wenig lange, dann meinte er, seine Hand sei nicht mehr sehr sicher. Doch nahm er diese hundert Franken nicht als endgültige Zahlung, als seinen Anteil an dem Verkauf der Barke an, nein, nur als Abschlagszahlung; er würde wieder mit Herrn Mével darüber reden. Und Gaud, der das Geld sehr gleichgültig war, hatte unmerklich gelächelt: richtig, die Geschichte war noch nicht zu Ende, sie hatte sich's wohl gedacht; übrigens war es ihr ganz Recht, mit den Gaos noch in Geschäfte verwickelt zu sein.

Man entschuldigte sich fast im Hause über Yanns Abwesenheit, als ob man es höflicher gefunden, wenn die ganze Familie beisammen gewesen wäre, sie zu empfangen. Der Vater hatte mit der Schlauheit des alten Seemanns vielleicht sogar erraten, dass sein Sohn der schönen Erbin nicht gleichgültig war; denn er kam immer wieder auf ihn zu sprechen:

»Es ist doch sehr verwunderlich«, sagte er, »er ist nie so spät draußen. Er ist nach Loguivy gegangen, Fräulein Gaud, um Körbe zu kaufen, Hummern darin zu fangen; wie Sie wissen, ist das unsere große Winterfischerei.«

Zerstreut verlängerte sie ihren Besuch, doch mit dem heimlichen Bewusstsein, dass es zu lange sei, und fühlte ein Herzbedrücken beim Gedanken, dass sie ihn nicht sehen würde.

»So ein ordentlicher Mensch wie er, was mag er nun treiben? Im Wirtshaus ist er sicher nicht; das haben mir bei unserem Sohne nicht zu fürchten. Ich will nicht sagen, einmal von Zeit zu Zeit, Sonntags mit Kameraden, – Sie wissen, Fräulein Gaud, die Seeleute – Ja, mein Gott! man ist ein junger Mann, nicht wahr, warum sollte man sich's ganz versagen? Aber das kommt sehr selten bei ihm vor; er ist ein ordentlicher Mensch, wir dürfen's schon sagen.«

62

Indessen wurde es Nacht; sie hatten die Wachsleinenkleider zusammengelegt, die Arbeit eingestellt. Die kleinen Gaos und das kleine Pflegekind drückten sich auf der Bank aneinander, durch das graue Abendlicht traurig gemacht, und sahen Gaud an mit der Frage in den Augen:

»Jetzt, warum geht die nicht fort?«

Und die Flammen im Kamin begannen alles rot zu beleuchten, in der niedersinkenden Dämmerung.

»Sie sollten bleiben und die Suppe mit uns essen, Fräulein Gaud.«

O nein! das konnte sie nicht; plötzlich stieg ihr das Blut ins Gesicht beim Gedanken, so lange geblieben zu sein. Sie stand auf und nahm Abschied.

Yanns Vater war auch aufgestanden, um sie ein Stück Wegs zu begleiten bis über den einsamen Grund hinaus, wo alte Bäume den Weg in schwarze Nacht hüllen.

Während sie nebeneinander dahingingen, fühlte sie eine Regung von Achtung und Zärtlichkeit für ihn. Sie hätte gern zu ihm gesprochen, wie zu einem Vater; es wallte in ihr auf; dann blieben ihr die Worte in der Kehle stecken, und sie sagte nichts.

Da gingen sie hin, im kalten Abendwinde, der Seegeruch brachte, und kamen auf der kahlen Heide an bereits geschlossenen Hütten vorbei, die sehr düster aussahen, mit ihren buckligen Dächern, arme Nester, in denen Fischer verkrochen waren; sie kamen an Kreuzen, Ginstern und Steinen vorüber. Wie weit war es, das Pors-Even, und wie lange hatte sie sich dort verweilt!

Manchmal begegneten sie Leuten, die von Paimpol oder Loguivy kamen; jedesmal wenn sie einen männlichen Umriss daherkommen sah, dachte sie an Yann; aber es war leicht, ihn von Weitem zu erkennen, und bald war sie enttäuscht. Ihre Füße verwickelten sich in die langen, braunen Ranken des Seegrases, das sich über die Wege hinzog.

Am Kreuz von Plouezoc'h grüßte sie den Greis und bat ihn umzukehren. Man sah schon die Lichter von Paimpol, und sie hatte nicht den geringsten Grund mehr, sich zu fürchten.

Nun wohl, für diesmal war es aus … und wer weiß, wann sie nun Yann sehen würde …

An Vorwänden, nach Pors-Even zurückzukehren, hätte es ihr nicht gefehlt, aber es hätte zu schlimm ausgesehen, den Besuch zu wiederholen. Es galt tapferer sein und stolzer. Wäre Sylvester, ihr kleiner Vertrauter, noch dagewesen, vielleicht hätte sie ihn beauftragt, in ihrem Namen Yann aufzusuchen, damit er sich erklärte. Aber er war fort und für wieviel Jahre? …

4.

»Mich verheiraten?« sagte Yann an dem Abend zu seinen Eltern. »Mich verheiraten? Aber mein Gott, wozu denn? – Ich werde nie so glücklich sein als hier bei Euch; keine Sorgen, keinen Hader mit niemand, und die gute warme Suppe jeden Abend, wenn ich vom Meer heimkomme. – O! ich versteh' wohl, geht doch, dass von der die Rede ist, die heute ins Haus gekommen ist. Erstens so ein reiches Mädchen, das mit so armen Leuten, wie wir sind, anbinden will, das ist nach meiner Meinung nicht ganz klar. Und dann weder die da, noch auch eine andere, nein, es ist ganz fertig überlegt, ich heirate nicht, das liegt mir nicht im Sinn.«

Sie sahen sich schweigend an, die beiden alten Gaos, gründlich enttäuscht, denn nachdem sie miteinander davon geredet, waren sie ganz sicher, das junge Mädchen würde sich ihrem schönen Yann nicht verweigern.

Aber sie suchten nicht in ihn zu dringen; sie wussten wohl, wie zwecklos es sein würde. Besonders die Mutter neigte den Kopf und sagte kein Wort mehr; sie achtete den Willen dieses Sohnes, des Neuesten, der schon fast den Rang des Familienhauptes einnahm.

Obgleich er immer sehr sanft und zärtlich gegen sie war, folgsamer als ein kleines Kind in den Kleinigkeiten des Lebens, so war er schon längst sein eigener Herr in den großen Dingen, jedem Drucke mit ruhig trotzender Unabhängigkeit sich entziehend.

Er blieb nie spät auf, da er die Gewohnheit hatte, wie die anderen Fischer, sich vor Tag zu erheben. Und nach dem Nachtessen, schon um acht Uhr, begann er, sich auszukleiden, nachdem er einen letzten zufriedenen Blick auf seine Körbe von Loguivy, auf seine neuen Netze geworfen, scheinbar äußerst ruhigen Gemüts; danach stieg er hinauf, sich schlafen zu legen, in das Bett mit den rosa Kattunvorhängen, das er mit seinem kleinen Bruder Laumec teilte.

5.

Seit vierzehn Tagen war Sylvester, Gauds kleiner Vertrauter, im Quartier in Brest; – sich noch sehr fremd fühlend, aber sehr vernünftig, ganz stolz mit seinem offenen blauen Kragen und der Mütze mit der roten Quaste, ein prächtiger Matrose mit rollendem Gang und hoher Gestalt; im Grunde sehnte er sich noch immer nach der alten Großmutter und blieb das unschuldige Kind von ehedem.

Nur an einem einzigen Abende hatte er sich betrunken, mit Landsleuten, weil es so Brauch war; sie waren ins Quartier zurückgekehrt, eine ganze Schar Arm in Arm und sangen aus vollem Halse.

Einen Sonntag war er auch ins Theater gegangen, auf den höchsten Platz. Man spielte eines dieser großen Dramen, in denen die Matrosen, gegen den Verräter aufgebracht, ihn mit einem »Hu!« empfangen, das sie alle zugleich ausstoßen, und das tief dröhnt, wie der Westwind. Er hatte es dort sehr heiß gefunden und keinen Platz und keine Luft gehabt. Der Versuch, seinen Überrock auszuziehen, hatte ihm einen Rüffel vom diensttuenden Offizier eingetragen, und zuletzt war er eingeschlafen.

In die Kaserne nach Mitternacht zurückkehrend, war er Damen in reifem Alter, mit unbedecktem Kopfe begegnet, die auf dem Trottoir auf- und abgingen.

»Hör mal! heda! hübscher Junge!« sagten sie mit lauten, rauhen Stimmen.

Er hatte wohl begriffen, was sie wollten; denn er war nicht so naiv, als man's hätte meinen können. Aber die plötzliche Erinnerung an seine Großmutter und an Marie Gaos hatte ihn höchst verächtlich vorüberschreiten lassen, sie von der Höhe seiner Schönheit und Jugend herab mit kindlich spottendem Lächeln betrachtend. Die Schönen waren sehr erstaunt ob der Zurückhaltung des Matrosen.

»Hast du den gesehen? – Nimm dich in Acht! lauf davon, mein Sohn! lauf schnell davon, man wird dich fressen!« –

Und der Schall von sehr hässlichen Dingen, die sie ihm nachschrien, hatte sich in dem unbestimmten Lärm verloren, der in jener Sonntagsnacht die Straßen erfüllte.

Er benahm sich in Brest wie in Island, wie auf hoher See, er blieb rein. – Aber die anderen lachten ihn nicht aus, weil er sehr stark war, denn das flößt den Seeleuten Respekt ein.

6.

Eines Tages wurde er ins Bureau seiner Kompagnie gerufen! Man hatte ihm anzukündigen, dass er nach China bestimmt sei, für das Geschwader von Formosa! –

Er hatte schon längst die Ahnung, dass es so kommen würde, da er von denen, die Zeitungen lesen, gehört hatte, dass dort der Krieg gar kein Ende nähme. Wegen der eiligen Abfahrt konnte man ihm den gewöhnlichen Urlaub zum Abschiednehmen für diejenigen, die in den Krieg gingen, nicht erteilen: in fünf Tagen sollte er bereit sein und abfahren.

Es überkam ihn eine ganz außerordentliche Erregung: es war der Reiz der großen Reise, des Unbekannten, des Krieges; es war auch die Herzbeklemmung, alles zu verlassen, mit der unbestimmten Angst, nicht wiederzukehren. Tausend Dinge wirbelten ihm durch den Kopf. Um ihn her war großer Lärm, in den Quartiersälen, wo eine Menge andere für das chinesische Geschwader bezeichnet worden waren.

Schnell schrieb er seiner armen alten Großmutter, schnell, mit Bleistift, auf der Erde sitzend, in seiner wirren Träumerei allein, mitten unter dem Hinundherlaufen, dem Stimmengewirr all' dieser jungen Leute, die fort sollten wie er.

7.

»Sie ist ein wenig alt, seine Geliebte!« sagten die andern zwei Tage später und lachten hinter ihm her; »aber es macht nichts, sie scheinen sich doch sehr gut zu verstehen.«

Es amüsierte sie, ihn zum ersten Mal in den Straßen von Recouvrance mit einer Frau am Arm wie jedermann spazieren zu sehen, sich zärtlich zu ihr neigend und ihr Sachen sagend, die ganz außerordentlich sanft und lieb schienen. Eine kleine Person mit ziemlich lebhaftem Gang, von rückwärts gesehen; ihre Röcke ein wenig sehr kurz für die Mode, mit einem kleinen braunen Tuch und der großen Paimpoleser Haube.

Sie hing an seinem Arm und wandte sich auch oft zu ihm, um ihn zärtlich anzusehen.

»Sie ist ein wenig altertümlich, die Geliebte!« – Sie sagten das, die anderen, ohne Bosheit, denn sie sahen wohl, dass es eine gute alte Großmutter vom Lande war ...

In aller Eile war sie gekommen, von furchtbarem Entsetzen ergriffen bei der Nachricht von der Abreise ihres Enkels; – denn der chinesische Krieg hatte schon viele Seeleute aus der Gegend von Paimpol hingerafft.

Nachdem sie all' ihre armen kleinen Ersparnisse zusammengelesen, in einer Schachtel ihr Sonntagskleid und ihre frische Haube gefaltet, war sie abgereist, um ihn wenigstens noch einmal zu umarmen.

Sie war geradewegs in die Kaserne gegangen und hatte nach ihm gefragt. Der Kompagnie-Adjutant hatte sich zuerst geweigert, ihn herauszulassen.

»Wenn Sie reklamieren wollen, gehen Sie, meine gute Frau; wenden Sie sich an den Kapitän, dort geht er eben vorüber.«

Und ohne Zaudern war sie auf ihn zugegangen, und der hatte sich erweichen lassen!

»Schicken Sie Moan hinauf, um sich umzukleiden«, hatte er gesagt.

Und wie der Wind war Moan hinausgeflogen, Stadtkleider anzuziehen, nachdem die gute Alte, um ihn, wie immer, zu belustigen, hinter dem Adjutanten her ein unbezahlbar feines Gesicht schnitt und eine Reverenz machte. Als er wiedererschienen in seinem Ausgehanzug, den Hals recht frei, da war sie voll Verwunderung, ihn so schön zu finden: sein schwarzer Bart, vom Barbier spitz zugeschnitten, wie ihn die Matrosen in dem Jahre trugen, die Bündchen von seinem offenen Hemde fein gefältelt und seine Mütze mit langen flatternden Bändern, mit goldenen Ankern an den Enden. Einen Augenblick war's ihr, als sähe sie ihren Sohn Pierre, der zwanzig Jahre vorher auch Mastwächter bei der Flotte gewesen war, und die Erinnerung an diese lange Vergangenheit, die schon weit hinter ihr lag, der Gedanke an alle ihre Toten hatte flüchtig einen traurigen Schatten auf die gegenwärtige Stunde geworfen.

Die Traurigkeit war schnell verwischt. Sie waren Arm in Arm hinausgegangen in der Freude, zusammen zu sein, und da hatte man sie für seine Geliebte gehalten und »etwas altertümlich« gefunden.

Sie hatte ihn zu einem seinen Mittagsmahl in ein Wirtshaus geführt, das von Paimpolesern gehalten war, und das man ihr der erschwinglichen Preise halber empfohlen. Dann waren sie immer noch Arm in Arm in Brest herumgegangen, die Auslagen in den Läden anzusehen, und nichts Amüsanteres konnte es geben, als alles, was sie zu sagen fand, um ihren Enkel lachen zu machen, natürlich auf Paimpoleser Bretonisch, das die Vorübergehenden nicht verstehen konnten.

8.

Sie war drei Tage bei ihm geblieben, drei Tage, auf denen ein düsteres »*hernach*« lastete, man könnte sagen drei Gnadentage. Und dann hatte sie abreisen und nach Ploubazlanec zurückkehren müssen. Erstens war sie mit ihrem bisschen Gelde zu Rande, und dann sollte Sylvester am nächstfolgenden Tag sich einschiffen, und die Matrosen werden stets unerbittlich im Quartier konsigniert am Vorabend der großen Abfahrten. (Ein Gebrauch, der auf den ersten Blick etwas barbarisch erscheint, der aber eine notwendige Maßregel ist gegen das Küstenlaufen im Augenblicke des Ausrückens.) O dieser letzte Tag! Was sie auch machte, wie sehr sie sich auch den Kopf zerbrach nach komischen Dingen für ihren Enkel, so hatte sie doch nichts gefunden, nein, es waren Tränen gewesen, die immer hatten kommen wollten. Schluchzen, das ihr jeden Augenblick in die Kehle stieg. An seinem Arme hängend, hatte sie ihm tausend Dinge ans Herz gelegt, die auch ihm die Tränen nahe brachten, und endlich waren sie in eine Kirche getreten, um zusammen ihre Gebete zu sagen.

Mit dem Abendzug war sie fort; um zu sparen, waren sie zu Fuß an die Bahn gegangen; er trug ihre Reiseschachtel und stützte sie mit seinem starken Arme, auf den sie sich mit ihrem ganzen Gewicht lehnte. Sie war müde, müde, die arme Alte; sie konnte nicht mehr, denn sie hatte sich während der drei oder vier Tagen sehr übernommen; unter ihrem braunen Tuch war der Rücken ganz krumm, denn sie hatte nicht mehr die Kraft sich aufzurichten; es war gar nichts Junges mehr in ihrer Gestalt, und sie fühlte die ganze erdrückende Schwere ihrer 76 Jahre. Der Gedanke, dass alles aus sei und dass sie ihn in einigen Minuten verlassen müsse, zerriss ihr das Herz fürchterlich. Und dorthin, nach dem China ging er, in das Gemetzel! Jetzt hatte sie ihn noch da, bei sich; sie hielt ihn noch mit ihren beiden armen Händen, und doch sollte er fort; weder all' ihr Wollen, noch all' ihre Tränen, noch Verzweiflung konnten ihn bei der Großmutter zurückhalten. Hilflos, nicht missend, wohin mit ihrem Billet, ihrem Esskorb, ihren Filethandschuhen, aufgeregt und zitternd, gab sie ihm ihre letzten Ermahnungen, auf die er ganz leise antwortete, durch ganz kleine gehorsame *Ja's*, indem er den Kopf zärtlich zu ihr neigte, indem er sie mit seinen guten, sanften Augen, mit seinem kindlichen Ausdruck ansah.

»Vorwärts, Alte, Ihr müsst Euch entschließen, wenn Ihr fahren wollt.«

Die Lokomotive pfiff. Im Schrecken, den Zug zu versäumen, nahm sie ihm ihre Schachtel aus der Hand; – dann ließ sie das Ding zur Erde fallen (um sich in einer letzten Umarmung an seinen Hals zu hängen). Die Leute am Bahnhofe sahen den beiden zu, aber niemand hatte Lust zu lächeln. Von den Beamten herumgestoßen, erschöpft, wie verloren, warf sie sich in das erste beste Coupé, von dem man ihr den Schlag auf die Fersen zuwarf, während er mit Matrosenleichtigkeit sich in Lauf setzte und einen Bogen beschrieb, wie ein fortfliegender Vogel, um noch rechtzeitig an der Barrière draußen anzulangen und sie vorüberfahren zu sehen.

Ein gewaltiges Pfeifen, das dröhnende Anfahren der Räder, die Großmutter fuhr vorbei. Gegen die Barrière gedrückt, schwenkte er mit jugendlicher Grazie seine Mütze mit den flatternden Bändern, und aus dem Fenster des Waggons dritter Klasse gelehnt, winkte sie mit ihrem Taschentuch, um besser erkannt zu werden. – So lange sie konnte, so lange sie noch die blauschwarze Gestalt erkannte, die ihr Enkel war, folgte sie ihm mit den Augen, ihm mit ihrer ganzen Seele das ewig unsichere »Auf Wiedersehen« zurufend, das man den Seeleuten sagt, wenn sie fortgehen.

Schau' ihn nur recht an, arme alte Frau, diesen kleinen Sylvester, bis zur letzten Minute; folge nur seiner fliehenden Gestalt, die dort verschwindet für ewig. Und als sie ihn nicht mehr sah, sank sie auf ihren Sitz, ohne zu sorgen, ob sie ihre schöne Haube verkrumpelte, schluchzend vor Todesangst ...

Er ging langsam zurück, mit gesenktem Kopf und dicken Tränen, die ihm über die Wangen liefen. Die Herbstnacht war hereingebrochen, das Gas überall angezündet, das Matrosenfest hatte begonnen. Ohne irgend etwas zu beachten, ging er durch Brest, dann über die Brücke von Recouvrance in sein Quartier.

»Heda, hübscher Junge«, sagten wieder die heiseren Stimmen jener Damen, die schon angefangen hatten, auf dem Trottoir auf und ab zu wandeln. Er ging hinein, legte sich in seine Hängematte und meinte ganz allein und schlief kaum bis zum Morgen. –

9.

Er war auf hoher See, schnell fortgetragen über fremde Meere, d
viel blauer warm als das isländische. Das Schiff, das ihn nach   m
äußersten Asien entführte, hatte den Befehl, sich zu eilen.   e An-
kerplätze zu meiden. Schon hatte er das Gefühl, recht   eit fort zu
sein, wegen der Schnelligkeit, die nicht nachließ   chmäßig hin-
streichend, fast ohne Wind und See zu be   n. Als Mastwächter

lebte er in seinem Mastkorbe, wie ein Vogel auf dem Zweige, und hielt sich von den Soldaten fern, die auf dem Verdeck gedrängt waren, und von dem Gewühl da drunten.

Zweimal hatte man bei der tunesischen Küste angehalten, um Zouaven und Maultiere aufzunehmen; ganz von Weitem hatte er weiße Städte auf dem Sande oder auf Hügeln gesehen. Er war sogar einmal von seinem Mastkorbe heruntergekommen, um neugierig sehr braune Männer anzusehen, in weiße Schleier drapiert, welche in Barken gekommen waren, Früchte zu verkaufen; die andern hatten ihm gesagt, das seien Beduinen.

Diese Wärme und diese Sonne, die unablässig dauerten, gaben ihm das Gefühl der Fremde in hohem Grade.

Eines Tages war man in einer Stadt angekommen, die hieß Port-Saïd. Alle Flaggen Europas wehten an langen Stangen darüber hin, dass es aussah wie ein Festtag um Babel; spiegelnder, zitternder Sand umgab es wie ein Meer. Man hatte dort Anker geworfen, so nahe, dass man fast den Quai berührte, fast mitten in den langen Straßen aus Holzhäusern. Seit seiner Abreise hatte er noch nie so deutlich und so nahe die Außenwelt gesehen, und diese Bewegung, diese Fülle von Schiffen hatte ihn zerstreut.

Mit dem unausgesetzten Lärm von Schiffspfeifen und Dampfsirenen zwängten sich alle diese Fahrzeuge in eine Art langen Kanal, eng wie ein Graben, der sich wie ein Silberstreifen durch die Unendlichkeit des Sandes hinzog. Von seinem Mastkorb herab sah er sie wie eine Prozession dahinziehen und sich in der Ebene verlieren.

Auf diesen Quais bewegten sich alle möglichen Anzüge, Menschen in Kleidern von allen Farben geschäftig, schreiend, im heftigen Getriebe des Transites.

Und am Abend hatte sich zum höllischen Pfeifen der Dampfmaschinen der konfuse Spektakel mehrerer Orchester gesellt, die lärmende Sachen spielten, als wollten sie das herzbrechende Sehnen all der vorüberziehenden Verbannten betäuben.

Am andern Morgen bei Sonnenaufgang waren auch sie in das schmale Wasserband zwischen dem Sand eingefahren, von einem Schweif von Schiffen aller Länder gefolgt.

Das hatte zwei Tage gedauert, diese Spazierfahrt hinter einander her, durch die Wüste; dann hatte sich ein anderes Meer vor ihnen aufgetan, und sie waren wieder auf hoher See.

Man fuhr immer fort mit größter Geschwindigkeit; dieses wärmere Meer war auf der Oberfläche rötlich marmoriert, und manchmal war der Schaum in der Wasserfurche wie Blut. Er lebte fast beständig in seinem Mastkorbe, und sang sich ganz leise *Jean-François de Nantes*, um an seinen Bruder Yann zu denken, an Island, an die schöne vergangene Zeit.

Manchmal sah er im Grunde der Fernen in Luftspiegelung irgend einen Berg von sonderbarer Färbung erscheinen. Die das Schiff führten, kannten sicher, trotz der Ferne und der Unklarheit, diese weit hinausragenden Vorgebirge des Festlandes, die wie ewig feste Haltepunkte sind auf den großen Weltstraßen. Aber wenn man Mastwächter ist, wird man dahin getragen wie eine Sache, ohne etwas zu wissen von der Entfernung und ohne die Maße des endlosen Raumes zu kennen.

Er hatte nur das Gefühl einer fürchterlichen Entfernung, die immer zunahm; aber das Gefühl war sehr deutlich, wenn er von oben die Wasserfurche betrachtete, die rauschend geschwinde nach rückwärts floh, und wenn er zählte, seit wann dieses schnelle Fahren dauerte, das Tag und Nacht nicht nachließ.

Drunten auf dem Verdeck keuchten die Menschen unter dem Schatten der Zelte und waren ganz ermattet. Wasser, Luft und Licht hatten sich in ernste, erdrückende Pracht gekleidet, und ihr ewiger festlicher Schein war wie eine Ironie auf die Wesen, auf die organischen Gebilde, die vergänglich sind.

... Einmal ward er in seinem Mastkorb sehr erheitert durch Schwärme von kleinen Vögeln von einer unbekannten Gattung, die sich wie Wolken auf das Schiff fallen ließen wie ein Wirbel von schwarzem Staube. Ganz erschöpft ließen sie sich fangen und streicheln. Alle Matrosen hatten welche auf den Schultern. Aber bald begannen die Müdesten davon zu sterben … Sie starben zu Tausenden auf den Segelstangen, den Stückpforten, diese kleinen Wesen, unter der entsetzlichen Sonnenglut des roten Meeres. Sie waren von jenseits der Wüste gekommen, durch einen Sturmwind verschlagen. Aus Furcht, in die blaue Unendlichkeit, die sie überall umgab, hinabzustürzen, hatten sie sich mit letzter Kraft auf das vorüberziehende Schiff fallen lassen. Dort im Herzen des fernen Libyens hatte ihre Art in überströmender Liebe sich gemehrt. Ihr Geschlecht war im Übermaß angewachsen, und es gab ihrer zu viele; da hatte die blinde, seelenlose Mutter, die Mutter Natur, mit einem Hauch diese Fülle von kleinen Vögeln verjagt, mit derselben Gleichgültigkeit, als hätte es sich um eine Generation Menschen gehandelt.

Und sie starben alle auf dem erhitzten Eisenwerk des Schiffes; das Verdeck war übersät mit ihren kleinen Leichen, die gestern noch voll Leben, Gesang und Liebe bebten … kleine schwarze Fetzen mit nassen Federn. Sylvester und die Matrosen hoben sie mit mitleidigen Blicken auf, breiteten die feinen, bläulichen Flügel in ihren Händen aus und fegten sie dann in das große nichts der See hinaus.

Dann kamen Heuschrecken, die Töchter von Moses' Heuschrecken, und bedeckten das Schiff.

Dann fuhr man noch mehrere Tage im unwandelbaren Blau dahin, wo man nichts Lebendes mehr sah – als höchstens hie und da Fische, die über den Wasserspiegel hinflogen.

10.

Strömender Regen unter einem schweren, schwarzen Himmel; – das war Indien. Sylvester hatte eben den Fuß auf dieses Land gesetzt, da er durch Zufall bestimmt worden war, die Bemannung eines Bootes zu vervollständigen.

Durch das dichte Laub kam der warme Guss auf ihn nieder, und er betrachtete die sonderbaren Dinge um sich her. Alles war prachtvoll grün. Die Baumblätter waren wie riesige Federn, und die Leute, die dort umhergingen, hatten große Sammetaugen, die aussahen, als wollten sie sich unter der Last ihrer Wimpern schließen. Der Wind, der diesen Regen vor sich hertrieb, roch nach Moschus und nach Blumen.

Frauen machten ihm Zeichen zu kommen: so etwas wie: »Heda, hübscher Junge!« was er so oft in Brest gehört. Aber in diesem Zauberland war ihr Ruf verwirrend und machte erschauern. Ihre wundervolle Brust wölbte sich unter durchsichtigen: Mousselin, in den sie drapiert waren; sie waren goldig anzuschauen wie polierte Bronze.

Noch zögernd, aber doch in ihrem Bann, ging er ihnen schon entgegen, allmählich, um ihnen zu folgen ...

Da erklang das Schiffspfeifchen, in seinen Modulationen wie ein Vogeltriller, und rief ihn plötzlich in das Boot zurück, das abfuhr.

Er lief eilig dahin. – Lebt wohl, Indiens Schönen! Als man am Abend wieder auf hoher See schwamm, da war er noch immer rein wie ein Kind.

Nach einer weiteren Woche im blauen Meer hielt man in einem anderen Lande an, voll Regen und Grün. Ein Schwarm von gelben Gesellen füllte sofort, mit Geschrei, das Verdeck und brachte Kohlen in Körben.

»Dann sind wir also doch schon in China?« fragte Sylvester, als er sah, dass sie alle Porzellanfigurengesichter und Zöpfe hatten.

Man sagte: »Nein, noch ein wenig Geduld; das war erst Singapore.«
Er stieg wieder in seinen Mastkorb hinauf, um dem schwarzen
Staube zu entgehen, den der Wind umhertrug, während die Kohlen
ans Tausenden von kleinen Körben sich in den Kammern aufspei-
cherten.

Endlich kam man eines Tages in ein Land, Turanien genannt,
wo eine gewisse Circe blockierend vor Anker lag. Das war das
Schiff, für das er sich schon lange bestimmt wusste, und auf dem
man ihn mit seinem Sack absetzte.

Er fand dort Landsleute, sogar zwei Isländer, die für den Augen-
blick Kanoniere waren. An den fortwährend stillen und warmen
Abenden, wo sie nichts zu tun hatten, vereinigten sie sich auf dem
Verdeck, von den andern abgesondert, um miteinander eine kleine
Bretagne der Erinnerung zu bilden.

Fünf Monate Verbannung und Untätigkeit musste er in dem
traurigen Meerbusen zubringen, vor dem ersehnten Augenblick,
in den Kampf zu gehen.

11.

Paimpol … am letzten Tage des Februar – am Vorabende von der
Islandfischer Abfahrt.

Gaud stand an ihre Tür gelehnt, unbeweglich und sehr bleich.
Denn Yann war unten und sprach mit ihrem Vater. Sie hatte ihn
kommen sehen und hörte undeutlich seine Stimme schallen. Den
ganzen Winter hatten sie sich nicht begegnet, als wenn ein Verhäng-
nis sie stets von einander entfernt hätte.

Nach ihrem Gang nach Pors-Even hatte sie einige Hoffnung auf
die Prozession, den Pardon der Isländer, gebaut, wo man viel Gelegenheit hat, sich zu sehen und zu sprechen, auf dem Platze, am
Abend unter den Gruppen. Aber vom frühen Morgen dieses Festes
an, als die Straßen schon weiß behängt und mit grünen Girlanden

geschmückt waren, hatte ein böser Regen zu strömen begonnen, der von Westen her durch eine heulende Brise gejagt wurde; über Paimpol hatte man den Himmel noch nie so schwarz gesehen. »Da! nun werden die von Ploubazlanec nicht kommen!« hatten die Mädchen traurig gesagt, die ihre Liebhaber in der Gegend hatten. Und sie waren in der Tat nicht gekommen, oder hatten sich trinkend eingeschlossen. Keine Prozession, kein Spaziergang, und mit noch schwererem Herzen als sonst hatte sie den ganzen Abend hinter ihren Scheiben gesessen, dem Rieseln von den Dächern herab und den lauten Fischerliedern aus den Weinstuben herauf zugehört.

Seit einigen Tagen hatte sie diesen Besuch von Yann geahnt; denn sie dachte sich wohl, dass der Vater Gaos, der nicht gern nach Paimpol kam, wegen des noch nicht fertigen Barkenverkaufs seinen Sohn schicken würde. Da hatte sie sich vorgenommen, dass sie zu ihm treten würde, was sonst Mädchen nicht leicht tun, um es endlich von der Seele zu wälzen. Sie wollte ihm vorwerfen, ihre Ruhe gestört und sie dann verlassen zu haben, wie ein Bursche ohne Ehrgefühl.

War es Eigensinn, scheue Schroffheit, die Liebe zum Seehandwerk, die Furcht vor einer Weigerung … wenn alles dies, wie Sylvester angegeben, die einzigen Hindernisse waren, so konnten sie wohl überwunden werden, wer weiß! nach einem freimütigen Gespräche, wie sie das vorhatte. Und dann würde vielleicht sein schönes Lächeln wieder erscheinen, das alles gut machen würde – dasselbe Lächeln, das sie im vorigen Winter so überrascht und entzückt hatte, während der Ballnacht, die sie in seinem Arme ganz durchtanzt. Und diese Hoffnung gab ihr wieder Mut, erfüllte sie mit einer fast süßen Ungeduld. Von Weitem scheint immer alles so leicht zu tun und zu sagen.

Und nun fiel Yanns Besuch gerade in die beste Stunde; sie war sicher, dass ihr Vater bei der Pfeife sitzen bleiben und ihn nicht hinaus begleiten würde; darum würde sie im leeren Gang sich allein mit ihm auseinandersetzen können.

Aber nun, da der Augenblick gekommen, erschien es ihr wie eine außerordentliche Dreistigkeit. Der bloße Gedanke, ihm zu begegnen, ihn Auge in Auge zu sehen, am Fuß der Treppe, machte sie zittern. Ihr Herz schlug zum Springen … und zu denken, dass von einem Augenblick zum andern die Türe drunten aufgehen würde, – mit dem leisen, wohlbekannten Knarren, – um ihn hinauszulassen!

Nein, sie würde es entschieden niemals wagen! Lieber sich mit Warten verzehren und vor Gram sterben, als so etwas wagen. Und schon hatte sie einige Schritte gemacht, um in die Tiefe des Zimmers zurückzukehren und sich an die Arbeit zu setzen. Aber sie blieb wieder stehen, zögernd, bestürzt, sich erinnernd, dass morgen die Abfahrt nach Island sei und diese Gelegenheit vielleicht die einzige. Wenn sie sie vorbeigehen ließ, dann musste sie wieder all die Monate Einsamkeit und Warten beginnen, sich nach seiner Rückkehr sehnen, noch einen ganzen Sommer ihres Lebens verlieren.

Drunten ging die Türe auf: Yann ging! Rasch entschlossen lief sie die Treppe hinunter und pflanzte sich außer Atem vor ihn hin.

»Herr Yann, ich habe mit Ihnen zu sprechen, bitte.« – »Mit mir, Fräulein Gaud?« sagte er, die Stimme sinken lassend und an den Hut fassend. Er sah sie scheu an, mit seinen lebhaften Augen, den Kopf zurückgeworfen, mit hartem Ausdruck, und schien sich sogar zu fragen, ob er überhaupt stehen bleiben würde. Mit einem Fuße vor, fluchtbereit, drückte er seine breiten Schultern gegen die Mauer, um ihr weniger nahe zu sein in dem schmalen Gang, in dem er sich gefangen sah. Eiskalt geworden, fand sie da nichts mehr von dem, was sie ihm hatte sagen wollen: sie hatte nicht vorhergesehen, dass er ihr die Schmach antun könnte, vorbeizugehen ohne sie anzuhören.

»Haben Sie Furcht vor unserm Hause, Herr Yann?« fragte sie in einem trockenen, sonderbaren Ton, der gar nicht der war, den sie hatte haben wollen.

Er wandte die Augen ab und sah hinaus. Seine Wangen waren sehr rot geworden; das Blut stieg ihm zu Kopf und brannte ihn im Gesicht; seine beweglichen Nasenflügel dehnten sich bei jedem Atemzuge aus, dem Heben und Senken der Brust folgend, wie bei den Stieren.

Sie versuchte fortzufahren:

»Am Ballabend haben Sie mir Auf Wiedersehen gesagt, wie man es nicht zu einer Gleichgültigen sagt – Herr Yann, Sie haben also kein Gedächtnis – was hab' ich Ihnen getan?« Der böse Westwind, der sich, von der Straße kommend, dort fing, bewegte Yanns Haare, die Flügel von Gauds Haube und machte hinter ihnen eine Türe wütend hin und her schlagen. Man war schlecht geborgen in dem Gang, um von wichtigen Dingen zu sprechen. Nach diesen ersten, in ihrer Kehle erstickten Sätzen war Gaud stumm geblieben; sie fühlte den Kopf schwindeln und hatte keine Gedanken mehr. Sie waren nach der Straßentüre zugeschritten, er immer fliehend.

Draußen windete es mit großem Lärm, und der Himmel war schwarz. Durch die offene Tür fiel ein düstrer, fahler Schein auf ihre Gesichter und beleuchtete sie voll. Eine Nachbarin von gegenüber sah sie an: Was konnten die beiden sich im Gang und so verwirrt aussehend zu sagen haben? Was ging denn bei Herrn Mével vor?

»Nein, Fräulein Gaud«, sagte er endlich, sich mit der Geschwindigkeit eines wilden Tieres freimachend, »ich habe schon in der Gegend gehört, dass man über uns spricht – nein, Fräulein Gaud – Sie sind reich, wir sind nicht Leute von gleichem Stande. Ich bin nicht ein Bursche, der zu Ihnen kommen darf, ich ...«

Und dann ging er fort. Also war alles vorbei, vorbei für immer. Und sie hatte kein Wort von dem gesagt, was sie hatte sagen wollen, bei dieser Zusammenkunft, nichts weiter erreicht, als sich vor seinen Augen wie eine Unverschämte hinzustellen … Was war er denn für ein Mensch, dieser Yann, mit seiner Mädchenverachtung, seiner Geldverachtung, seiner Verachtung für alles …!

Zuerst blieb sie wie angenagelt stehen; denn sie sah alles sich um sie her sich bewegen, im Schwindel. Dann kam ihr ein Gedanke, der unerträglichste von allen, wie ein Blitz: Yanns Kameraden, Isländer, gingen auf dem Platze auf und ab und warteten auf ihn!

Wenn er ihnen das erzählte, sich über sie lustig machte, das wäre ein noch abscheulicherer Schimpf! Rasch lief sie in ihr Zimmer hinauf, um sie durch ihre Vorhänge zu beobachten … Vor dem Hause sah sie wirklich die Männer beisammenstehen. Aber sie betrachteten ganz einfach das Wetter, das düsterer und düsterer wurde, und sprachen Vermutungen aus über den drohenden schweren Regen.

»Es ist nur ein Spritzer; gehen wir hinein trinken, bis es vorüberzieht.«

Und dann machten sie laute Späße über Jeannie Caroff, über verschiedene Schönen; aber keiner drehte sich auch nur nach ihrem Fenster um.

Sie waren alle lustig, mit Ausnahme von ihm, der nicht antwortete, nicht lächelte, sondern ernst und traurig blieb. Er ging nicht hinein mit den andern trinken, sondern, ohne auf den beginnenden Regen zu achten, ging er langsam unter dem Guss dahin, wie einer, der in eine Träumerei vertieft ist, über den Platz, in der Richtung von Ploubazlanec.

Da verzieh sie ihm alles, und ein Gefühl hoffnungsloser Zärtlichkeit kam an die Stelle des bittern Unmuts, der ihr vorher zum Herzen gestiegen war. Sie setzte sich, mit dem Kopf in den Händen. Was nun tun? O! wenn er sie nur einen einzigen Augenblick hätte anhören können; noch besser wenn er daher kommen könnte, allein mit ihr in dieses Zimmer, wo sie in Frieden sprechen könnten,

80

vielleicht würde sich noch alles aufklären. Sie liebte ihn genug, um es zu wagen, es ihm ins Gesicht einzugestehen. Sie würde zu ihm sagen: »Du hast mich gesucht, als ich nichts von dir wollte; jetzt bin ich dein mit ganzer Seele, wenn du mich haben willst; schau! ich fürcht' mich nicht, Fischersfrau zu werden, und brauchte doch nur unter den Burschen von Paimpol zu wählen, wenn ich einen zum Manne haben wollte, aber dich hab' ich lieb, weil ich glaube, du bist besser als die anderen jungen Männer; ich bin ein wenig reich; ich weiß, dass ich hübsch bin; obgleich ich in Städten ge- wohnt habe, schwöre ich dir, dass ich ein braves Mädchen bin, die nie etwas Unrechtes getan; nun dann, da ich dich so lieb habe, warum nimmst du mich denn nicht?«

Aber dies alles würde nie anders ausgedrückt werden, nie gesagt werden, als im Traum; es war zu spät; Dann würde es nicht mehr hören. Noch einmal versuchen, mit ihm zu sprechen? – O nein! für was für eine Art Geschöpf würde er sie halten! lieber sterben!

Und morgen gingen sie alle fort nach Island! Allein in ihrem schönen Zimmer, in das der weißliche Februartag hereinschien, frierend, wie es der Zufall gegeben, auf einem der Stühle sitzend, die an der Wand aufgereiht standen, war es ihr, als stürzte die Welt zusammen, mit dem Gegenwärtigen und dem Zukünftigen, in eine trostlose fürchterliche Leere hinein, die sich rings um sie her auf- getan. Sie wünschte, vom Leben erlöst zu sein, recht still unter ei- nem Stein zu liegen, um nicht mehr zu leiden … Aber wahrhaftig, sie verzieh ihm doch, und kein Hass mischte sich in ihre verzwei- felte Liebe.

12.

Die See, die graue See.

Auf der großen, ungebauten Heerstraße, die jeden Sommer die Fischer nach Island führt, zog Yann seit zwei Tagen sachte dahin.

Am Vorabend, als man unter dem Gesang der alten Kirchenlieder abgefahren war, wehte eine Südbrise, und alle Fahrzeuge, mit Segeln bedeckt, hatten sich wie Möwen zerstreut. Dann war die Brise weicher geworden, und die Fahrt hatte sich verlangsamt. Nebelbänke wanderten dicht auf den Wassern dahin. Yann war vielleicht noch schweigsamer als gewöhnlich. Er beklagte sich über das allzu ruhige Wetter und schien sich nach Bewegung zu sehnen, um sich einen quälenden Gedanken aus dem Sinne zu jagen. Doch gab es nichts zu tun, als in all der Ruhe ruhig hinzugleiten; nichts als zu atmen und sich leben zu lassen. Wo man hinschaute, sah man nur tiefes Grau; wo man hinhorchte, hörte man nur die Stille.

Plötzlich ein dumpfer Ton, kaum vernehmbar, aber ungewohnt und von unten wie ein Kratzen, wie wenn man den Wagen hemmt! Und die Marie, im Gange innehaltend, blieb regungslos.

Gestrandet!!! und worauf? Auf irgend einer Bank der englischen Küste wahrscheinlich. Man hatte ja auch seit dem Abend vorher nichts mehr gesehen, bei diesen Nebelvorhängen.

Die Männer bewegten sich, rannten hin und her, und ihre Aufregung bildete einen merkwürdigen Gegensatz mit dieser plötzlichen Ruhe ihres Fahrzeugs. Da stand sie still, die Marie, und rührte sich nicht mehr. Mitten unter all den fließenden Dingen, die in dem weichen Wetter zusammenhaltlos erschienen, war sie durch Gott weiß was Festes, Unbewegliches erfasst worden, das sich unter den Wassern verborgen; sie war fest gepackt und lief Gefahr, darauf zu verenden. Wer hat nicht einen armen Vogel, eine arme Fliege sich mit den Füßen im Leim fangen sehen? Zuerst merkt man's kaum; es ändert nicht ihr Aussehen; man muss wissen, dass sie von unten fest sind und in Gefahr, sich nie mehr zu befreien. Erst wenn sie sich dann wehren, macht das klebrige Zeug ihre Flügel, ihren Kopf schmutzig, und sie bekommen das erbärmliche Aussehen eines sterbenden Tieres.

So war es mit der Marie; zuerst war es nicht sehr sichtbar; sie hielt sich wohl etwas geneigt, das ist wahr, aber es war am hellen Morgen bei schönem ruhigen Wetter; man musste *wissen*, um sich zu ängstigen und zu verstehen, dass es ernst sei.

Der Kapitän war zu bedauern, der den Fehler begangen und nicht auf den Punkt Acht gegeben, an dem man sich befand; er schüttelte die Hände in der Luft herum und sagte: »*Ma Doué*«, »*Ma Doué*« in verzweifeltem Tone. Ganz nahe, in der Nebellichtung, erschien ein Vorgebirge, das nicht gut zu erkennen war. Gleich wurde es wieder dicht, und man konnte nichts mehr unterscheiden. Übrigens war kein Segel in Sicht, kein Rauch. – Und für den Augenblick war es ihnen fast lieber so. Sie hatten große Furcht vor den englischen Rettern, die einen mit Gewalt auf ihre Manier befreien, und gegen die man sich wehren muss wie gegen Seeräuber. Sie arbeiteten sich alle ab, die Schiffsladung wechselnd. Ihr Hund Türk, der die bewegte See nicht fürchtete, war auch sehr erschüttert von dem Begebnis: Diese Töne von unten, diese harten Stöße, wenn die hohle See ankam, und dann diese Unbeweglichkeit; er verstand sehr gut, dass das alles nicht natürlich sei, und versteckte sich in den Ecken, mit eingezogenem Schwanze.

Dann ließen sie die Boote herab, um die Anker zu werfen, um zu versuchen, sich herauszuheben, alle ihre Kraft auf die Hebebäume vereinigend; ein hartes Manöver, das zehn volle Stunden dauerte, – und am Abend fing das arme Schiff, das am Morgen so reinlich und schmuck gewesen, schon an, schlimm auszusehen, überschwemmt, beschmutzt, in voller Auflösung. Es hatte sich auf alle Weise gewehrt, geschüttelt und stand noch immer angenagelt, wie ein totes Schiff.

Die Nacht wollte hereinbrechen; der Wind erhob sich, und die See ging höher; das fing an bedenklich zu werden, als auf einmal gegen sechs Uhr sie plötzlich frei waren, in voller Bewegung die Taue der

Anker rissen, die sie heruntergelassen hat, um sich zu halten. Da sah man die Männer wie Wahnsinnige von vorn nach hinten laufen und schreien:

»Wir schwimmen!« –

Sie schwammen wirklich; aber wie soll man die Freude beschreiben zu *schwimmen,* zu fühlen, wie man sich fortbewegt, leicht und lebend, anstatt wie vorher ein beginnendes Wrack zu sein! ...

Und Yanns Traurigkeit war auch mit einem Schlage verflogen. Erleichtert wie sein Schiff geheilt durch die gesunde Ermüdung seiner Arme, hatte er seine sorglose Miene wiedergefunden und seine Erinnerungen abgeschüttelt. Als man am Morgen die Anker lichtete, fuhr er seines Weges nach seinem kalten Island, scheinbar so freien Herzens als in den ersten Jahren.

13.

Man verteilte, was der Kurier von Frankreich gebracht, dort an Bord der Circe, auf der Rhede von Ha-Long, am andern Ende der Erde.

Umdrängt von einem Knäuel Matrosen, rief der Wagenmeister laut die Namen der Glücklichen, die Briefe hatten. Das ging am Abend bei der Batterie vor sich, indem man sich um eine Schiffslaterne herumstieß.

»Moan Sylvester!« Da war einer für ihn, und mit dem Stempel von Paimpol, aber nicht in Gauds Handschrift! Was sollte das heißen? Und von wem kam der Brief?

Nachdem er ihn hin und her gedreht, öffnete er ihn ängstlich.

Ploubazlanec, am 5. März 1884.

»Mein lieber Enkel!« ...

Es war wirklich von der guten alten Großmutter; da atmete er erleichtert auf. Sie hatte sogar ans Ende ihre schwerfällige Unterschrift hingesetzt, die sie auswendig gelernt, ganz zitternd und schülerhaft: »Witwe Moan.«

Witwe Moan. Er hob das Papier an die Lippen, mit einer unwillkürlichen Bewegung, und küsste den armen Namen wie ein geweihtes Amulett. Denn dieser Brief kam in einer Entscheidungsstunde seines Lebens: Morgen, bei Tagesanbruch, sollte er abgehen, ins Feuer. Es war Mitte April; Bac-Ninh und Hong-Hoa waren eben genommen. Keine größere Operation schien in Tonking bevorzustehen – doch reichten die neuankommenden Verstärkungen nicht hin – da nahm man an Bord der Schiffe alles, was die Kompagnien der ausgeschifften Seesoldaten vervollständigen konnte. Und Sylvester, der sich schon lange von den Kreuzfahrten und Blockaden hinweggesehnt, war eben mit einigen andern bezeichnet, die Lücken in jenen Mannschaften zu füllen.

Freilich sprach man vom Frieden in dem Augenblicke; aber etwas sagte ihnen, sie würden gerade zu rechter Zeit ausgeschifft, um sich noch ein wenig zu schlagen. Nachdem sie ihre Säcke geordnet, ihre Vorbereitungen beendet, Abschied genommen, waren sie den ganzen Abend zwischen den andern, die zurückblieben, auf- und abgegangen, sie fühlten sich gewachsen und stolz neben jenen; jeder äußerte auf seine Weise seine Abschiedseindrücke, die einen ernst gesammelt, die andern in überströmenden Worten laut werdend.

Sylvester war ziemlich schweigsam und verarbeitete in sich seine Warteungeduld; nur wenn man ihn ansah, dann sagte sein feines, gehaltenes Lächeln: »Ja, ich bin auch dabei, und morgen früh geht es los.« Vom Kriege, vom Feuer machte er sich noch einen unvollständigen Begriff; aber es zog ihn dennoch an, weil er von tapferem Geschlecht war.

Ängstlich wegen Gaud, wegen dieser fremden Handschrift, suchte er sich einer Laterne zu nähern, um gut lesen zu können.

Und es war schwer, inmitten dieser halbnackten Leute, die sich zusammendrängten, um auch zu lesen, in der erstickenden Hitze der Batterie.

Gleich beim Beginn des Briefes, wie er es vorhergesehen, erklärte die Großmutter Yvonne, warum sie genötigt gewesen, bei der ungewandten Hand einer Nachbarin Hilfe zu suchen:

»Mein liebes Kind! Diesmal lasse ich dir nicht durch deine Base schreiben, weil sie sehr in Not ist. Ihr Vater ist von plötzlichem Tode dahingerafft worden, vor zwei Tagen. Und es scheint, ihr ganzes Vermögen ist verzehrt, in schlechten Geldgeschäften, die er vorigen Winter in Paris gemacht. Man wird also sein Haus verkaufen und seine Möbel. Es ist eine Sache, auf die keiner in der Gegend gefasst war. Ich denke, mein liebes Kind, es wird dir, sowie mir, sehr leid tun. Der Sohn Gaos schickt dir recht guten Tag; er hat mit dem Kapitän Guermeur seinen Kontrakt erneuert, wieder auf der Marie, und seine Abfahrt nach Island war ziemlich früh dieses Jahr. Am 1. des Laufenden sind sie unter Segel gegangen, dem Vorvorabend des großen Unglücks, das unserer Gaud Zugestoßen ist, und sie haben noch keine Kenntnis davon. Aber nun kannst du Dir wohl denken, mein lieber Sohn, dass es aus ist, dass wir sie nicht verheiraten werden; denn so muss sie jetzt arbeiten und ihr Brot verdienen« ...

... Er war niedergeschmettert; die schlechten Nachrichten hatten ihm seine ganze Freude am Schlagen verdorben.

Dritter Teil

1.

Eine Kugel fährt pfeifend durch die Luft! … Sylvester bleibt stehen und spitzt die Ohren.

Es ist in einer endlosen Ebene von zartem, samtigem Frühlingsgrün. Der Himmel ist grau und lastet drückend auf den Menschen.

Es sind ihrer sechs bewaffnete Matrosen, auf Rekognoszierung, mitten in frischen Reisfeldern, auf schlammigem Pfade.

Wieder derselbe Laut in der Stille der Luft! – ein scharfer, schnarrender Ton, wie ein langgezogenes *Dzinn,* welcher das richtige Gefühl von dem boshaften kleinen harten Ding gibt, das da ganz gerade, sehr schnell vorüberfliegt und dessen Begegnung tödlich sein kann.

Zum erstenmal in seinem Leben hört Sylvester diese Musik. Die ansausenden Kugeln klingen anders als die man selber abschießt: der Schuss ist durch die Ferne gedämpft, man hört ihn nicht mehr; desto deutlicher erkennt man dies kleine Metallsummen, das in raschem Fluge vorübersaust, die Ohren streifend.

Und noch einmal dzinn! und wieder dzinn! Jetzt regnet es, nämlich Kugeln. Dicht bei den Matrosen, die plötzlich stehen geblieben, versenken sie sich in den überschwemmten Boden des Reisfeldes, jede mit einem kleinen hagelartigen »*Flack*«, kurz und trocken, und einem leichten Aufspritzen des Wassers.

Sie sehen sich an und lächeln, wie über eine drollig gegebene Posse und sagen: »Die Chinesen!« Annamiten, Tonkinesen, Schwarzflaggen ist alles für die Matrosen die nämliche Chinesenfamilie. Wie soll man nur wiedergeben, was sie an Verachtung, an altem spottendem Groll, an Kampflust in die Art, sie anzumelden, legen: »Die Chinesen!«

Zwei oder drei Kugeln pfeifen wieder, diesmal flacher; man sieht sie abprallen wie Heuschrecken im Grase. Er hat keine Minute gedauert, dieser kleine Kugelregen, und schon hört er auf. Auf die große grüne Ebene kehrt die Stille wieder, die vollkommenste Stille, und nirgends sieht man eine Regung.

Da stehen sie noch alle Sechs, mit wachsamem Auge, nach dem Winde spähend, und suchen, woher es gekommen sein mag. Sicher von dort, von dem Bambusdickicht, das in der Ebene eine Art Insel von Federn bildet, unter welchem halb versteckt einige zackige Dächer erscheinen.

Da laufen sie hin; in dem aufgeweichten Boden des Reisfeldes sinken ihre Füße ein oder rutschen aus; Sylvester mit seinen längeren und gewandteren Beinen läuft ihnen voraus.

Nichts pfeift mehr; man meint, sie hätten geträumt. – Und wie in allen Ländern der Welt gewisse Dinge immer und ewig dieselben sind – das Grau des bedeckten Himmels, die frische Farbe der Wiesen im Frühling –, so könnte man glauben, Frankreichs Felder zu sehen, mit jungen Leuten, die lustig darauf hinlaufen, zu einem ganz anderen Spiel als dem des Todes.

Aber indem sie sich nähern, zeigen die Bambusstauden deutlicher die exotische Feinheit ihres Laubes; die Dächer im Dorfe treten schärfer mit ihren fremdartigen Biegungen hervor, und gelbe Männer, die dahinter auf der Lauer sind, nähern sich um zu schauen; ihre gelben Gesichter sind malitiös und furchtsam zusammengezogen; dann, plötzlich treten sie heraus, einen Schrei ausstoßend, und entfalten sich in einer unordentlichen, aber entschlossenen und gefährlichen Linie.

»Die Chinesen!« sagen die Matrosen wieder mit ihrem gleichen tapferen Lächeln.

Aber jetzt finden sie doch, dass ihrer viele sind, zu viele, und einer, der sich umwendet, sieht von rückwärts noch mehr kommen, aus den Gräsern auftauchend.

Er war sehr schön in diesem Augenblick, der kleine Sylvester; seine alte Großmutter wäre stolz gewesen, ihn so kriegerisch zu sehen!

Schon seit einigen Tagen wie umgewandelt, gebräunt, mit veränderter Stimme, war er wie in seinem Elemente. In einem Augenblick der größten Unentschlossenheit hatten die Matrosen, durch die Kugeln gestreift, beinahe die Rückwärtsbewegung begonnen, die für sie alle der sichere Tod gewesen wäre; da war aber Sylvester vorangeschritten; er hatte sein Gewehr beim Lauf genommen und hielt einer ganzen Schar Stand, die er rechts und links niedermähte, mit mächtigen zerschmetternden Kolbenschlägen.

Und Dank ihm stand die Partie nun umgekehrt: die Panik, die Verwirrung, das blinde irgend etwas, das alles entscheidet in diesen kleinen undirigierten Schlachten, war nun auf der Seite der Chinesen, die nun begannen, sich zurückzuziehen.

Und nun war es vorüber, sie flohen. Die sechs Matrosen hatten ihre Gewehre in der Schnelle wieder geladen und legten die Feinde mühelos nieder; im Grase waren rote Pfützen, hingesunkene Körper, Schädel, die ihr Gehirn in den Fluss ergossen.

Sie flohen gebückt, am Boden hin, sich windend wie Leoparde. Und Sylvester hinter ihnen her, zweimal verwundet, von einem Lanzenstich im Schenkel, von einem tiefen Hieb am Arme; aber er fühlte nichts als den Kampfesrausch, diese unbezähmbare Berserkermut des mächtigen Blutes, die den Einfachsten großartigen Mut verleiht, die im Altertum Helden machte.

Einer, den er verfolgte, wandte sich und legte auf ihn an, in einem Gefühl verzweifelter Todesfurcht. Sylvester blieb stehen, lächelnd, verachtungsvoll, erhaben, um ihn seine Waffe abfeuern zu lassen; dann warf er sich ein wenig links, als er die Richtung der Waffe wahrnahm. Aber beim Losgehen wich der Gewehrlauf in der nämlichen Richtung ab. Da fühlte er eine Erschütterung in der Brust, und blitzschnell begriff er, noch ehe er Schmerz empfand, was es war. Er drehte den Kopf nach den Seeleuten, die ihm folgten, um ihnen, wie ein alter Soldat, das hergebrachte Wort zuzurufen: »Ich glaub', ich habe mein Teil!« Aber bei dem tiefen Atemholen nach dem raschen Laufe, fühlte er, wie die Luft durch ein Loch in der rechten Brust hereinpfiff, mit einem schauderhaften kleinen Geräusch, wie in einem gesprungenen Blasebalg. Zugleich füllte sich sein Mund mit Blut, während er in der Seite einen stechenden Schmerz fühlte, der schnell, schnell unerträglich wurde, wie etwas Grässliches, Unbeschreibliches. Er drehte sich zwei- oder dreimal um sich selber, von Schwindel ergriffen, und suchte, bei dieser Masse roter Flüssigkeit, deren Aufsteigen ihn erstickte, Atem zu schöpfen, um dann schwer hinzusinken in den Schlamm.

2.

Ungefähr vierzehn Tage später, wie der Himmel bereits düsterer wurde, die nahe Regenzeit verkündend, und die Hitze erdrückender über dem gelben Tonking lastete, wurde Sylvester, den man nach Hanoi zurückgeschickt, auf die Rhede von Ha-Long und dort auf ein Hospitalschiff gebracht, das nach Frankreich zurückkehrte.

Er war lange auf Tragbahren umhergeschleppt worden, mit kurzem Aufenthalt in den Ambulanzen. Man hatte getan, was möglich war; aber unter den schlechten Bedingungen hatte sich seine Lunge mit Wasser gefüllt an der durchschossenen Seite, in die die Luft beständig gurgelnd eindrang durch das Loch, das sich nicht mehr schloss.

Man hatte ihm die Tapferkeitsmedaille gegeben, und einen Augenblick hatte er sich darüber gefreut. Aber er war nicht mehr der Krieger von ehedem mit strammem Gang, mit der klingenden Stimme und knapper Rede. Nein, das war alles vergangen in dem langen Leiden und dem erschlaffenden Fieber. Er war wieder zum Kinde geworden, das Heimweh hatte; er sprach fast gar nicht mehr und gab mit leiser, erloschener Stimme Antwort. Sich so krank fühlen, so weit, weit fort; zu denken, dass man so viele Tage braucht, bevor man heim kommt, – würde er überhaupt noch bis dahin leben, mit seinen schwindenden Kräften? – Dies Gefühl entsetzlicher Ferne quälte ihn unablässig und erdrückte ihn beim Erwachen, – wenn er nach einigen Stunden Schlummer den furchtbaren Schmerz von den Wunden wieder fühlte, die Fieberglut und das blasende Geräusch in seiner zerschossenen Brust. Darum hatte er auch gesteht, ihn auf jede Gefahr hin einzuschiffen.

Er war zu schwer in seinem Bette zu tragen, und da wurde er auf dem Karren grausam gestoßen.

An Bord dieses Transportschiffes, welches abfahren sollte, legte man ihn in eins der kleinen eisernen in Reihen aufgestellten Hospitalbetten, und er begann in umgekehrter Richtung seine lange Fahrt durch die Meere. Nur dass er diesmal, anstatt wie ein Vogel im freien Luftstrom des Mastkorbs zu leben, drunten lag, in der schweren Luft, in der Ausdünstung der Medikamente, der Wunden und des Elends. Die ersten Tage hatte die Freude, auf dem Heimwege zu sein, eine kleine Besserung gebracht. Er konnte, in die Kissen gestützt, auf seinem Bette aufrecht liegen und von Zeit zu Zeit verlangte er seinen Kasten.

Sein Matrosenkasten war ein weißes Holzköfferchen, in Paimpol gekauft, um seine Kostbarkeiten hinein zu tun; darin waren die Briefe der Großmutter Yvonne, diejenigen von Yann und Gaud, ein Heft, in welches er Matrosenlieder abgeschrieben hatte, und ein chinesisches Buch von Konfuzius, zufällig bei einer Plünderung mitgenommen, und in welchem er auf der weißen Kehrseite der Blätter sein naives Kriegstagebuch geführt hatte.

Das Leiden wurde jedoch nicht besser, und von der ersten Woche an wussten die Ärzte, dass der Tod unvermeidlich sei …

Man war jetzt in der Nähe des Äquators, in der übermäßigen Hitze der Gewitterzone. Das Transportschiff fuhr dahin und schüttelte seine Betten, seine Verwundeten und seine Kranken.

Immer schnell fuhr es dahin, auf einem unruhigen Meere, das noch aufgejagt war, wie beim Wechsel der Passatwinde.

Seit der Abreise von Ha-Long war mehr als einer gestorben, den man ins tiefe Wasser hatte versenken müssen auf dem großen Wege nach Frankreich; viele dieser kleinen Betten waren bereits ihres armen Inhaltes entledigt, und an diesem Tage war es in dem wandelnden Spitale sehr finster: man war gezwungen gewesen, wegen des hohen Seegangs die eisernen Läden der Kajütenfenster zu schließen, und es machte diese Erstickungsanstalt für die Kranken noch grässlicher. Ihm ging es schlechter: es war das Ende; immer auf der durchschossenen Seite liegend, drückte er sie mit beiden Händen zusammen, mit allem, was er an Kraft übrig hatte, um das Wasser, diese flüssige Zersetzung der rechten Lunge, unbeweglich zu machen, und versuchte, nur mit der Linken zu atmen. Aber auch diese war allmählich angesteckt, und der Todeskampf hatte begonnen. Allerhand Wahnbilder aus der Heimat gingen in dem sterbenden Gehirne um; in der heißen Finsternis beugten sich geliebte oder scheußliche Gesichter über ihn; er war in fortwährender Halluzination, immer mit der Bretagne oder Island beschäftigt. Morgens hatte er den Priester rufen lassen und dieser, ein Greis, der gewohnt war, Matrosen sterben zu sehen, war erstaunt, unter einer so männlichen Hülle die Reinheit eines kleinen Kindes zu finden. Er verlangte Luft, nur Luft, aber die gab es nirgends. Die Windfänge brachten keine mehr hinab; der Wärter, der ihm beständig mit einem blumenbemalten chinesischen Fächer Luft zuwehte, bewegte über ihm ungesunde fade Dünste, die schon hundertmal ausgeatmet waren, und die einzuatmen sich die Lunge weigerte.

Manchmal fasste ihn verzweifelte Wut, aus dem Bett zu springen, in dem er den Tod nahen fühlte, hinaufzueilen in den mächtigen Wind, zu versuchen, wieder aufzuleben, wie die anderen, welche auf den Rüstseilen liefen und in den Mastkörben wohnten! Aber die ganze große Anstrengung, um wegzugehen, erreichte nichts als ein Aufheben des Kopfes und des schwachen Halses, etwas wie die halben Bewegungen, die man im Schlafe macht. Ach! Nein, er konnte nicht mehr; er fiel immer wieder in die Höhlung seines ungeordneten Bettes zurück, schon in den Schlingen des Todes. Und jedesmal von einer solchen Erschütterung erschöpft, vergingen ihm auf Augenblicke die Sinne. Um ihn zu beruhigen, öffnete man endlich die Kajütenfenster, obgleich es noch gefährlich war bei dem sehr unruhigen Meere. Es war Abends gegen sechs Uhr. Als der eiserne Laden aufgehoben wurde, kam nur Licht herein, strahlendes rotes Licht. Die untergehende Sonne erschien am Horizont mit äußerstem Glanz in einem Riss des düsteren Himmels; ihr blendendes Licht wanderte bei dem Rollen des Schiffes und beleuchtete schwankend das Spital wie eine Fackel, die man schwenkt.

Luft kam nicht herein; die wenige, die es draußen gab, war nicht im Stande, hier einzudringen, den Fiebergeruch zu verjagen. Überall in der Unendlichkeit auf diesem Äquatorialmeere gab es nur heiße Feuchtigkeit, unatembare Schwere. Nirgends Luft, nicht einmal für die keuchenden Sterbenden. Ein letztes Gesicht regte ihn sehr auf: seine alte Großmutter, sehr schnell auf einem Wege dahingehend, mit einem Ausdrucke herzzerreißender Angst; der Regen fiel auf sie nieder, aus herabhängenden leichentuchähnlichen Wolken; sie ging nach Paimpol, ins Bureau der Marine befohlen, um dort benachrichtigt zu werden, dass er tot sei.

Jetzt rang er mit dem Tode und röchelte; man wischte aus seinen Mundwinkeln Wasser und Blut, das aus seiner Brust emporflutete, während er sich im Todeskampfe wand. Und die prachtvolle Sonne beschien ihn noch immer; es war im Westen, als stünde eine ganze Welt in Flammen, mit blutigen Wolken darüber. Durch die runde, offene Luke strömte ein breiter Streifen roten Lichts, der, auf Sylvesters Bett endigend, ihn mit einem Glorienscheine umgab ...

In dem nämlichen Augenblick sah man die Sonne auch dort in der Bretagne, wo es Mittag schlagen wollte ... es war wohl dieselbe

Sonne, und genau in demselben Augenblick ihrer endlosen Dauer; doch hatte sie dort eine sehr verschiedene Farbe; höher stehend in einem bläulichen Himmel beleuchtete sie mit sanftem weißem Licht die Großmutter Yvonne, die auf ihrer Türschwelle saß und nähte ...

In Island, wo es Morgen war, erschien sie auch in demselben Todesaugenblicke; noch bleicher schien sie dort, nur sichtbar durch ein wahres Wunder von Strahlenbrechung. Sie leuchtete traurig in einen Fjord, wo sich die Marie treiben ließ, und ihr Himmel war diesmal von einer hyperboreischen Klarheit, welche den Gedanken an einen abgekühlten Planeten ohne Atmosphäre erweckte. Mit eisiger Klarheit zeichnete sie die Einzelheiten von diesem Steinchaos, welches Island heißt: das ganze Land, von der Marie aus gesehen, schien auf eine Fläche genagelt und aufrecht hingestellt. Yann, der auch fremdartig beleuchtet war, fischte wie gewöhnlich mitten in dieser mondähnlichen Welt.

In dem Augenblick, wo der Streifen roten Feuers, der durch das Kajütenfenster eindrang, erlosch, wo die Äquatorialsonne ganz in den goldenen Wassern verschwand, brachen die Augen des sterbenden Enkels und wandten sich nach der Stirne, als wollten sie im Kopfe verschwinden. Da schloss man die Lider darüber mit den langen Wimpern, und Sylvester wurde wieder sehr schön und sehr ruhig, wie eine liegende Marmorstatue.

3.

Ich kann wirklich nicht umhin, Sylvesters Beerdigung zu erzählen, die ich selber dort auf der Insel von Singapore leitete. Man hatte in den ersten Tagen auf dem Wege von China genug ins Meer geworfen; da die malayische Erde so nahe war, hatte man sich entschlossen, ihn noch einige Stunden zu behalten, um ihn dort hineinzulegen.

Es war am Morgen zu sehr früher Stunde, wegen der fürchterlichen Sonne. In dem Boot, das ihn forttrug, lag er mit der französischen Flagge bedeckt. Die große, fremdartige Stadt schlief noch, als wir landeten. Ein kleiner Fourgon, vom Konsul geschickt, wartete auf dem Quai; wir taten Sylvester hinein und das Holzkreuz, das man ihm am Bord gemacht; die Malerei darauf war noch frisch, da man sich so sehr hatte eilen müssen, und die weißen Buchstaben flossen in den schwarzen Grund über. Wir durchwanderten dieses Babel bei aufgehender Sonne, und es war herzbewegend, zwei Schritte von all dem Unrat, dem chinesischen Gewühl, die Stille einer französischen Kirche zu finden. Unter dem hohen weißen Schiff, wo ich mit meinen Matrosen allein war, klang das *Dies irae* von einem Missionsgeistlichen wie eine sanfte, magische Beschwörung. Durch die offenen Türen sah man wie in verzauberte Gärten hinein, in wunderbares Grün, in ungeheure Palmen; der Wind schüttelte die großen Blütenbäume, und da fiel ein Regen von karminroten Blumenblättern bis in die Kirche hinein.

Dann sind wir zum Kirchhof sehr weit hinaus gegangen. Unser kleiner Leichenzug von lauter Matrosen war sehr bescheiden, der Sarg immer mit Frankreichs Flagge bedeckt. Wir mussten durch chinesische Stadtviertel, durch das Ameisengewühl dieser gelben Welt, dann durch malayische, indische Vorstädte, wo allerhand asiatische Gesichter uns mit erstaunten Blicken betrachteten. Dann kam das Land, das war schon heiß; schattige Wege, in denen wunderschöne Schmetterlinge mit blauen Sammetflügeln umherflogen, eine Verschwendung von Blumen, Palmen, von aller Pracht äquatorialer Triebkraft, und endlich der Kirchhof: Mandarinengräber mit vielfarbigen Inschriften, mit Drachen und Ungeheuern, mit wunderbarem Laubwerk, unbekannten Pflanzen. Der Ort, da wir ihn hingebracht, gleicht einer Ecke der Gärten des Indra. Auf seine Erde haben wir das kleine Holzkreuz gesetzt, das man ihm eilig während der Nacht gemacht:

Sylvestre Moan.
19 Jahre alt.

Und da haben wir ihn gelassen und gingen eilig fort wegen der aufsteigenden Sonne und drehten uns immer um, ihn zu sehen, unter den wunderbaren Bäumen, unter den großen Blumen.

4.

Das Transportschiff setzte seinen Weg durch den indischen Ozean fort. Drunten im schwimmenden Spital war noch viel Elend eingeschlossen. Auf dem Verdeck sah man nur Sorglosigkeit, Gesundheit und Jugend. Ringsum auf dem Meere ein wahres Fest von reiner Luft und Sonne.

Bei dem schönen Wetter der Passatwinde lagen die Matrosen im Schatten ihrer Segel und unterhielten sich damit, ihre Papageien umherlaufen zu lassen. (In Singapore, wo sie herkamen, verkauft man den vorüberfahrenden Matrosen allerhand zahme Tiere.) Sie hatten alle Papageienbabys gewählt, die einen kindlichen Ausdruck in ihren Vogelgesichtern hatten, noch ohne Schweif, aber schon grün, o! von einem herrlichen Grün! Die Papas und Mamas waren grün gewesen, und da hatten die Kleinen unbewusst diese Farbe geerbt; auf das sehr reinliche Schiffsverdeck gesetzt, sahen sie aus wie ganz frische Blätter, von einem tropischen Baum gefallen. Manchmal vereinigte man sie alle, und dann beobachteten sie sich unter einander sehr komisch; sie drehten dann den Hals nach allen Seiten, als wollten sie sich unter verschiedenen Gesichtspunkten betrachten. Sie gingen, als hinkten sie, und scharwenzelten sehr drollig, und plötzlich liefen sie in großer Hast davon, nach Gott weiß welcher Heimat, und einige fielen hin. – Dann lernten die Äffchen Kunststücke machen, und das war eine neue Belustigung. Einige von ihnen waren zärtlich geliebt und wurden stürmisch geküsst, und dann schmiegten sie sich an die harte Brust ihres Herrn, sie mit weiblichen Augen ansehend, halb grotesk, halb rührend.

Mit dem Schlage drei Uhr brachten die Fouriere zwei Leinensäcke aufs Verdeck, mit großen roten Siegeln versiegelt und mit Sylvesters Namen gezeichnet; sie sollten dem Meistbietenden verkauft werden, – wie es für die Toten das Reglement verlangt – alle seine Kleider, alles was ihm gehört hatte auf der Welt. Und lebhaft kamen die Matrosen heran; an Bord eines Spitalschiffes sieht man oft genug solche Säcke verkaufen, um nicht mehr davon erschüttert zu werden. Und dann hatte man auf diesem Schiffe Sylvester nur wenig gekannt. Seine Blusen, seine Hemden, seine blaugestreiften Trikots wurden betastet, umgedreht und dann zu irgend einem Preise versteigert. Die Kaufenden überboten sich, um sich zu belustigen. Dann kam das kleine heilige Kästchen an die Reihe, das für fünfzig Sous zugeschlagen wurde. Man hatte die Briefe und die Medaille herausgenommen, um sie der Familie zuzustellen; aber es blieb noch das Liederheft, das Buch des Konfuzius, der Faden, die Knöpfe, die Nadeln, all' die kleinen Dinge, die die vorsorgliche Großmutter Yvonne hineingelegt, zum Flicken und Nähen.

Dann brachte der Fourrier, der die Sachen zum Verkauf ausbot, zwei kleine Buddhas vor, aus einer chinesischen Pagode genommen, um Gaud mitgebracht zu werden, so drollig anzuschauen, dass ein unstillbares Gelächter ausbrach, als man sie als letzte Nummer erscheinen sah. Wenn sie auch lachten, die Seeleute, so war es nicht aus Mangel an Herz, sondern nur aus Unbedacht.

Zuletzt wurden noch die Säcke verkauft, und der sie erhandelt, beschäftigte sich sofort damit, den darauf befindlichen Namen auszulöschen und den seinigen an die Stelle zu setzen.

Hernach ging sorgfältig der Besen über das Ganze, um das reinliche Verdeck von etwaigem Staube oder Fadenstückchen zu befreien, die beim Auspacken heruntergefallen sein konnten.

Und die Matrosen kehrten lustig zu ihren Papageien und Affen zurück.

5.

An einem Tage Anfangs Juni, wie die alte Yvonne nach Hause kam, sagten ihr Nachbarinnen, man habe nach ihr gefragt von seiten der Marine-Inskription.

Es war sicher etwas, das ihren Enkel betraf, aber sie fürchtete sich gar nicht. In Seemannsfamilien hat man es oft mit der Inskription zu tun; sie also, die Tochter, Gattin, Mutter und Großmutter von Seeleuten war, kannte das Bureau seit bald sechzig Jahren.

Wahrscheinlich war es wegen ihrer Vollmacht oder vielleicht eine kleine Abrechnung von der Circe, die sie durch ihre Prokura erheben sollte. Sie wusste, was man dem Herrn Commissarius schuldig ist, und zog sich demgemäß an, in ihr schönes Kleid mit der weißen Haube, und machte sich gegen zwei Uhr auf den Weg.

Mit raschen kleinen Schritten auf den Pfaden am Gestade hintrippelnd, wanderte sie nach Paimpol, doch bei längerem Nachdenken etwas ängstlich wegen der zwei Monate ohne Briefe.

Sie sah ihren alten Liebhaber an einer Türe sitzen, seit der letzten Winterkälte sehr zusammengefallen.

»Nun? wann Ihr wollt, Ihr wisst ja; müsst nicht blöde sein, Schöne!« … (Immer noch das Brettergewand, das er im Sinne hatte.)

Das heitere Juniwetter lachte rings um sie her. Auf den steinigen Höhen gab es freilich nur niedrigen Ginster mit den goldgelben Blumen; aber sobald man in die Tiefen kam, die vor dem rauhen Seewind geschützt waren, fand man gleich das schöne junge Grün, die Weißdornhecken in Blüte, das Gras schon hoch und duftend. Sie sah das alles kaum, sie, die Alte, auf deren Haupt die flüchtigen, jetzt wie die Tage kurzen Jahreszeiten sich gehäuft hatten. Um die baufälligen Dörfchen mit dem düstern Gemäuer blühten Rosen, Nelken, Goldlack, und bis über die hohen Stroh- und Moosdächer breiteten sich tausend kleine Blumen, die ersten weißen Schmetterlinge an sich lockend.

Der Frühling war fast ohne Liebe in der Gegend der Isländer, und die schönen Mädchen von stolzem Geschlecht, die man auf der Türschwelle träumen sah, schienen sehr weit über die sichtbaren Dinge hinaus ihre blauen und braunen Augen in die Ferne zu bohren. Die jungen Männer, denen ihr Trauern und Sehnen galt, waren beim großen Fischfang, dort auf dem Hyperboräischen Meer. – Aber es war dennoch Frühling, lau, milde, verwirrend, mit leichtem Fliegengesumme und den Düften der jungen Pflanzen.

Und die seelenlose Natur fuhr fort, der alten Großmutter zuzulächeln, die mit ihrem raschesten Schritt dahinging, um den Tod ihres letzten Enkels zu erfahren. Sie war der furchtbaren Stunde schon ganz nahe, wo das, was fern auf dem chinesischen Meere geschehen, ihr gesagt werden würde; sie machte diesen unheilschweren Gang, den Sylvester in seiner Todesstunde geahnt, der ihm die letzten Tränen der Angst erpresst hatte: seine gute alte Großmutter, von der Inskription nach Paimpol gerufen, um zu erfahren, dass er tot sei! – Er hatte sie ganz deutlich dahingehen sehen auf dem Wege, schnell und gerade, mit ihrem kleinen braunen Tuch, ihrem Regenschirme und ihrer großen Haube. Und diese Erscheinung hatte gemacht, dass er sich aufrichtete und hin und herwand mit entsetzlichem Herzzerreißen, während des Äquators ungeheure rote Sonne, die in ihrer Pracht niederging, durch die Spitalluke eindrang, um ihn sterben zu sehen.

Nur hatte er im letzten Gesicht sich diesen Gang der armen Alten unter einem Regenhimmel vorgestellt, während er sie, ganz im Gegenteil, durch den lustig spottenden Frühling führte.

Als sie sich Paimpol näherte, wurde sie ängstlicher und beschleunigte noch ihren Schritt.

Da ist sie nun in der grauen Stadt, in den kleinen Granitgassen, in die die Sonne scheint, anderen Mütterchen, ihren Altersgenossinnen, die an ihren Fenstern sitzen, den Guten Tag bietend. Neugierig über ihr Erscheinen sagten die:

»Wo mag sie so schnell hingehen, in Sonntagskleidern an einem Werktage?«

Der Herr Commissarius der Marine-Inskription war nicht zu Hause. Ein sehr hässliches kleines Geschöpf von etwa fünfzehn Jahren, ein Commis, saß an seinem Büreau. Da er zu kümmerlich ausgefallen war, um Fischer zu werden, so hatte er Unterricht erhalten und saß nun tagein, tagaus in seinen Tintenärmeln auf demselben Stuhle und kratzte auf seinem Papier.

Als er ihren Namen vernommen, erhob er sich mit wichtiger Miene, um in einem Fache Stempelbogen zu holen.

Es waren deren viele, – was sollte das heißen? Zertifikate, Papiere mit Siegeln darauf, ein Matrosenbüchlein, durch die See vergilbt, alles das wie mit Totengeruch behaftet ...

Da lag alles vor der armen Alten, die zu zittern begann und deren Auge sich umflorte. Denn sie hatte da zwei Briefe erkannt, die Gaud für sie ihrem Enkel geschrieben, und die uneröffnet zurückkamen ... Ebenso war es vor zwanzig Jahren gewesen, beim Tode ihres Sohnes Peter: die Briefe waren aus China zum Herrn Commissarius zurückgekommen, der sie ihr zugestellt hatte ...

Jetzt las er mit wichtiger Stimme:

»Moan Jean-Marie Sylvestre, eingeschrieben in Paimpol, Folio 213, Matrikelnummer 2091, verschieden an Bord des Bien-Hoa, den 14. ...«

»Was? Was ist ihm geschehen, mein guter Herr?«

»Verschieden! ... er ist verschieden!« wiederholte der. – Mein Gott, er war gewiss kein böser Mensch, dieser Commis; dass er es in so brutaler Weise sagte, es war eher aus Urteilslosigkeit, aus der

Unklugheit eines jungen, unreifen Wesens. Und wie er sah, dass sie dies schöne Wort nicht verstand, sagte er auf bretonisch:

»*Marw éo!*«

»*Marw éo!*« (Er ist tot!) sagte sie ihm nach, mit der zitternden Stimme des Alters, wie ein schwaches, klangloses Echo einen gleichgültigen Satz wiederholen würde. Das war es ja, was sie halb erraten hatte und was sie zittern gemacht; nun, da es Gewissheit war, schien es sie nicht mehr zu berühren. Erstens hatte sich ihre Leidensfähigkeit vor Alter wirklich etwas abgestumpft, zumal seit diesem letzten Winter. Der Schmerz kam nicht mehr gleich. Und außerdem scheiterte etwas in ihrem Kopfe in dem Augenblick, und da verwechselte sie auf einmal diesen Tod mit den andern: sie hatte so viele Söhne verloren! ... Sie brauchte einen Moment, um zu begreifen, dass dies ihr letzter sei, den sie so geliebt, derjenige, auf den sich alle ihre Gebete bezogen, ihr ganzes Leben, alle ihre Erwartungen, alle ihre Gedanken, die sich schon zu trüben anfingen durch das Herannahen der zweiten Kindheit ...

Sie schämte sich auch, ihre Verzweiflung vor diesem kleinen Herrn zu zeigen, der ihr Abscheu einflößte: war dies eine Art, wie man einer Großmutter den Tod ihres Enkels mitteilte? Sie blieb gerade vor dem Bureau stehen, steif und starr, und zerarbeitete die Franzen ihres braunen Tuchs mit ihren armen alten, zersprungenen Waschfrauenhänden.

Und wie weit fühlte sie sich von Daheim! Mein Gott! Den ganzen langen Weg zu machen, und anständig zu machen, bevor sie die strohgedeckte Hütte erreichte, in die sie Eile hatte, sich einzuschließen, wie ein verwundetes Tier, das sich in seinen Bau verkriecht, um zu sterben. Darum gab sie sich auch alle Mühe, nicht zu viel zu denken, nicht zu gut zu verstehen, in der Angst vor dem langen Wege.

Man gab ihr eine Anweisung auf die dreißig Franken, die ihr als Erbin aus dem Erlös von Sylvesters Sack zustanden. Dann die

Briefe, die Zertifikate, die Schachtel mit der Verdienstmedaille. Ungeschickt nahm sie das alles ab, mit steifen Fingern, und tat es von einer Hand in die andere, da sie keine Tasche mehr fand.

Durch Paimpol schritt sie in einem Zug, sah niemand an, den Körper ein wenig vorgeneigt, als sollte sie fallen; dabei hörte sie ein Brausen in den Ohren; – sie eilte sich, mit Überanstrengung, wie eine arme, schon sehr alte Maschine, die man auf höchste Schnelligkeit gespannt, Zum letztenmal, ohne daran zu denken, ob man die Federn sprengt.

Beim dritten Kilometer ging sie schon ganz nach vorne gebeugt, erschöpft; von Zeit zu Zeit stieß ihr Holzschuh an einen Stein, was ihr jedesmal im Kopf eine heftige, schmerzhafte Erschütterung gab. Und sie eilte, sich daheim zu vergraben, aus Furcht, zu fallen und heimgetragen zu werden.

6.

»Die alte Yvonne ist voll!«

Sie war hingefallen, und die Gassenbuben liefen ihr nach. Es war gerade beim Eintritt in die Gemeinde von Ploubazlanec, wo viel Häuser am Wege stehen. Doch hatte sie die Kraft gehabt, sich zu erheben, und hinkend floh sie an ihrem Stock.

»Seht, die alte Yvonne, die voll ist!«

Die frechen kleinen Kerle guckten ihr lachend ins Gesicht. Ihre Haube saß ganz schief.

Es waren doch welche unter diesen Kleinen, die im Grunde nicht so gar schlimm waren, – und als sie sie näher gesehen hatten, kehrten sie, ergriffen und betrübt von dem verzweifelten Gesichtsausdruck der Greisin, um und wagten nichts mehr zu sagen.

Zu Hause, bei geschlossener Türe, stieß sie den Weheschrei aus, an dem sie erstickte, und ließ sich in eine Ecke fallen, den Kopf wider die Wand. Ihre Haube glitt ihr über die Augen herunter; sie

schleuderte sie auf die Erde – ihre arme schöne Haube, die sie
sonst so geschont hatte. Ihr letztes Sonntagskleid war ganz beschmutzt, eine dünne, gelblich weiße Haarsträhne kam unter ihrem
Kopftuch hervor und vollendete so die Unordnung der Ärmlich-
keit ...

7.

Gaud, die am Abend nachfragen kam, fand sie so, mit wirrem
Haar, herabhängenden Armen, den Kopf gegen einen Stein, das
Gesicht ganz verzerrt mit einem jammernden Hi! hi! hi! wie ein
kleines Kind; sie konnte fast gar nicht weinen: die zu alten Groß-
mütter haben keine Tränen mehr in den versiegten Augen.

»Mein Enkel ist tot!«

Und sie warf ihr die Briefe, die Papiere, die Medaille in den
Schoß.

Gaud ließ den Blick darüber hinschweifen, sah, dass es wirklich
wahr war, und kniete nieder, um zu beten.

Beinahe stumm blieben sie so zusammen, die beiden Frauen,
durch die ganze Junidämmerung, die in der Bretagne sehr lang ist,
und die dort in Island kein Ende nimmt.

Im Kamin machte das Heimchen, das Glück bringt, ihnen trotz
allem seine zitternde Musik, und der gelbe Abendschein drang
durch das Fensterchen in diese Hütte der Moan, welche alle die
See hinweggenommen, die jetzt eine erloschene Familie waren.

Endlich sagte Gaud:

»Ich werde kommen und bei Euch wohnen, meine gute Großmutter; ich bringe mein Bett, das sie mir gelassen haben, her, und
ich werde Euch behüten, Euch pflegen; Ihr werdet nicht ganz allein
sein.« ...

Sie beweinte ihren Freund Sylvester, aber war doch in ihrem Kummer zerstreut durch den Gedanken an einen andern, an den, der zum großen Fischfang fortgefahren war.

Dieser Yann; man würde ihn wissen lassen, dass Sylvester tot sei; die Heringsboote sollten ja bald abfahren. Würde er ihn auch wohl beweinen? Vielleicht wohl; denn er hatte ihn lieb. Und mitten unter ihren eigenen Tränen war sie sehr damit beschäftigt, bald aufgebracht gegen diesen harten Burschen, bald ganz weich bei dem Andenken an ihn, wegen des großen Schmerzes, den er haben würde, und der wie eine Annäherung zwischen ihnen sein könnte; – kurz, ihr Herz war ganz voll von ihm.

8.

An einem bleichen Augustabend gelangte endlich der Brief, der Yann den Tod seines Bruders mitteilte, an Bord der Marie auf dem isländischen Meer.

Es war nach einem Tage harten Manövrierens und übermäßiger Ermüdung, im Augenblick, da er hinuntersteigen wollte, um zu Nacht zu essen und zu schlafen. Die Augen schwer von Schlaf, las er es da drunten im dunkeln Verließ, bei dem gelben Schein der kleinen Lampe, und im ersten Augenblicke blieb auch er gefühllos, betäubt, wie einer, der nicht recht begreift. Sehr stolz und verschlossen in allem, was sein Herz betraf, versteckte er den Brief in seiner blauen Jacke an seiner Brust, wie es die Matrosen tun, und sagte nichts.

Nur hatte er nicht den Mut, sich mit den anderen hinzusetzen, die Suppe zu essen, und da er verschmähte, ihnen zu sagen warum, warf er sich auf sein Lager und schlief augenblicklich ein.

Bald träumte er von dem toten Sylvester, von seinem Leichenzuge ...

Nahe an Mitternacht, in dem sonderbaren, den Matrosen eigenen Geisteszustand, die im Schlaf die Stunde wissen und den Augenblick kommen fühlen, wo man sie fürs Viertel wecken wird – sah er noch immer das Begräbnis, und er sagte sich:

»Ich träume; glücklicherweise werden sie mich ganz wecken, und es wird vergehen.«

Aber als eine rauhe Hand auf ihn gelegt wurde und eine Stimme sagte: »Gaos! auf! vorwärts! die Ablösung!« da hörte er auf seiner Brust ein leises Papierknittern – die kleine traurige Musik, die die Wirklichkeit des Todes bezeugte. Ah! ja! Der Brief! Es war also wahr? Und schon war der Eindruck stechender, grausamer, und indem er sich rasch aufrichtete, in seinem plötzlichen Erwachen, stieß er die breite Stirn gegen die Balken.

Dann kleidete er sich an und öffnete die Schiffsluke, um dort hinaufzusteigen und seinen Fischerposten einzunehmen ...

9.

Als Yann droben war, betrachtete er mit verschlafenen Augen den großen, wohlbekannten Kreis ringsumher, der das Meer war. In dieser Nacht stellte sich die Unendlichkeit erstaunlich einfach dar, in neutralen Tinten, die nur das Gefühl der Tiefe gaben. Der Horizont, der keine bestimmte Erdenregion anzeigt, nicht einmal ein geologisches Alter erkennen lasst, hatte schon so viele Mal so geschienen, seit der Entstehung der Zeiten, dass man beim Hinschauen nichts zu sehen meinte, – nichts als die Ewigkeit der Dinge, die sind und die da sein müssen.

Es war nicht einmal wirklich Nacht. Es war noch schwach beleuchtet, durch ein Überbleibsel von Licht, das von nirgends herkam. Es rauschte wie aus Gewohnheit, mit einer ziel- und zwecklosen Klage. Es war Grau, ein trübes Grau, das sich dem Blick entzog.

Während ihrer Ruhe und ihrem Schlafe verhüllte sich die See in bescheidene, namenlose Farbentöne.

Droben waren zerstreute Wolken; sie hatten irgend eine Form angenommen, weil die Dinge nicht formlos sein können; sie verschwammen in der Dunkelheit in einen großen Schleier.

Aber an einem Punkte des Himmels, sehr tief, nahe am Wasser bildete sich ein deutliches, wenn auch sehr fernes marmoriertes etwas, eine unbestimmte Zeichnung von zerstreuter Hand, eine zufällige Zusammenstellung, nicht zum Anschauen bestimmt, flüchtig und nahe am Vergehen. – Und dies allein schien hier in diesem All etwas zu bedeuten, als wäre der unfassbare, melancholische Gedanke all dieses Nichtseins dort hingeschrieben; – und zuletzt starrten die Augen hin, ohne es zu wollen.

Je besser sich Yanns bewegliche Augensterne an die Dunkelheit gewöhnten, je aufmerksamer sah er nach dem einzigen marmorierten Himmelspunkte hin; es sah aus, wie jemand, der mit beiden ausgestreckten Armen niedersinkt. Und nun, da er begonnen, die Erscheinung wahrzunehmen, schien es ihm ein wirklicher menschlicher Schatten zu sein, vergrößert, riesenhaft durch die große Entfernung. Und seiner Phantasie, in der unbeschreibliche Träume mit primitivem Aberglauben durcheinanderwogten, erschien dieser traurige Schatten, der dort am Ende des nächtigen Himmels zusammengesunken, in der Erinnerung an seinen toten Bruder, wie eine letzte Erscheinung von ihm.

Er war solches eigentümliche Zusammenstellen von Bildern gewohnt, wie sie hauptsächlich am Lebensanfang in Kinderköpfen entstehen … Aber die unbestimmtesten Worte sind doch noch immer zu präzis, um diese Dinge auszudrücken; man brauchte dazu diese unsichere Sprache, die man manchmal im Traume spricht, und von der man beim Erwachen nur rätselhafte Fragmente behält, die keinen Sinn haben.

Beim Betrachten dieser Wolke fühlte er eine tiefe, beängstigende Trauer heranschleichen, geheimnisvoll und unerklärlich, die ihm die Seele erstarren machte; viel besser als vorhin verstand er jetzt, dass sein armer kleiner Bruder nie wieder erscheinen würde, nie wieder; der Kummer, der Zeit gebraucht hatte, die gesunde und harte Hülle seines Herzens zu durchbohren, füllte es jetzt zum Überströmen. Er sah wieder Sylvesters sanftes Gesicht mit den guten Kinderaugen; beim Gedanken, ihn zu küssen, fiel gegen seinen Willen plötzlich etwas wie ein Schleier zwischen seine Augenlider – und zuerst konnte er sich nicht recht erklären, was es war, da er in seinem Mannesleben noch nicht geweint hatte. Aber die Tränen begannen schwer und schnell ihm über die Wangen zu rieseln; dann hob Schluchzen seine tiefe Brust. Er fuhr fort, sehr rasch zu fischen, ohne seine Zeit oder ein Wort zu verlieren, und die beiden anderen, die in dieser Stille sein Weinen hörten, hüteten sich, es merken zu lassen, aus Furcht, ihn zu reizen; denn sie wussten ja, dass er so verschlossen war und so stolz.

... Nach seiner Idee beendete der Tod alles ...

Es kam ihm wohl vor, aus Ehrfurcht sich au den Gebeten zu beteiligen, die man in den Familien für die Heimgegangenen sagt; aber er glaubte gar nicht an ein Überleben der Seelen.

Bei ihren Gesprächen unter Seeleuten sagten sie alle so, in einer kurzen, entschiedenen Weise, wie etwas, das von jedem wohl gewusst war; was aber gar nicht eine unbestimmte Gespensterfurcht, eine undeutliche Angst vor Kirchhöfen ausschloss, so wenig, wie das äußerste Vertrauen in die schützenden Heiligen und Bilder, und am allerwenigsten die eingeborene Verehrung für die geweihte Erde, die die Kirchen umgibt.

So fürchtete Yann, von der See geholt zu werden, als wenn das völliger vernichtete, und der Gedanke, dass Sylvester dort geblieben, in dem fernen, unteren Lande, machte seinen Schmerz verzweifelter, düsterer.

Mit seiner Nichtachtung für die andern weinte er ohne Rückhalt und Scham, als wäre er allein.

Draußen erhellte sich langsam der leere Raum, obgleich es kaum zwei Uhr war, und schien zugleich sich auszudehnen und immer noch auszudehnen, sich in erschreckender Weise zu vertiefen. Mit diesem werdenden Tagesgrauen öffnete sich der Blick, und der wachere Geist umfing besser die Unendlichkeit der Weiten: da wurden die Grenzen des Raums hinausgeschoben und flohen noch ferner. Es war eine sehr bleiche Beleuchtung, aber sie nahm zu, als käme sie in kleinen Sprühwellen, mit leichten Erschütterungen; die ewigen Dinge schienen sich durchsichtig zu erhellen, als würden Lampen mit weißer Flamme langsam, langsam hinaufgezogen, hinter den unförmlichen, grauen Wolkengebilden; leise heraufgezogen, mit geheimnisvoller Vorsicht, aus Furcht, des Meeres düstere Ruhe zu stören. Unter dem Horizont war die große weiße Lampe, die Sonne, die kraftlos dahinschlich, bevor sie über den Wassern ihren langsamen eisigen Gang hielt, den sie am frühesten Morgen begonnen.

An dem Tage sah man nirgends rosige Töne; alles blieb bleich und traurig. Und an Bord der Marie, da weinte ein Mann, der große Yann … Diese Tränen seines rauhen Bruders und diese größere Melancholie ringsum, das war die Trauerfeier für den armen, kleinen, unbekannten Helden, auf den isländischen Meeren, auf denen er sein halbes Leben zugebracht.

Als es völlig Tag wurde, trocknete Yann plötzlich die Augen mit dem Ärmel seiner Wollenjacke und weinte nicht mehr. Damit war es aus. Er schien wieder ganz von seiner Fischerarbeit hingenommen, durch die Einförmigkeit der wirklichen gegenwärtigen Dinge, als dächte er an nichts mehr. Übrigens gaben die Angeln große Ausbeute, und die Hände reichten kaum.

Um die Fischer her in den ungeheuren Gründen ging ein neuer Szeneriewechsel vor sich. Die große Entfaltung von Unendlichkeiten war vorüber, das große Schauspiel des Morgens beendet, und nun schienen im Gegenteil die Fernen sich zusammenzuziehen, sie einzuschließen. Wie war es nur, dass man vorhin den Horizont so grenzenlos sah? Er war ja eben ganz nahe, und es schien eher, als mangele es an Raum. Die Leere füllte sich mit schwebenden, dünnen Schleiern, einige unbestimmter als Dünste, andere mit sichtbareren, ausgezackten Umrissen. Sie senkten sich schlaff hernieder in großer Stille, wie gewichtloser weißer Mull; aber sie fielen von überall und zu gleicher Zeit, so dass man sehr schnell darunter gefangen war, und es war bedrückend, die zum Atmen nötige Luft sich so füllen zu sehen.

Es war der erste Augustnebel. In einigen Minuten war das Leichentuch einförmig dicht, undurchdringlich; um die Marie erkannte man nichts mehr als feuchte Blässe, in der das Licht in welche sogar das Mastwerk des Fahrzeuges sich zu verlieren schien.

»Da haben wir ihn nun mit einem Schlage, den garstigen Nebel«, sagten die Männer.

Sie kannten ihn schon seit lange, den unvermeidlichen Begleiter der zweiten Fischereiperiode; er bezeichnete aber auch das Ende der Islandsaison und den Zeitpunkt, sich auf den Weg zu machen, um in die Bretagne zurückzukehren.

In seinen glänzenden Tröpfchen hing er sich ihnen in die Bärte und machte ihre gebräunte Haut vor Feuchtigkeit glänzen. Von einem Ende des Schiffes bis zum andern sahen sie sich nur verschwommen wie Gespenster; während umgekehrt die ganz nahen Gegenstände schärfer in dem faden, weißlichen Licht erschienen. Man hütete sich, mit offenem Munde zu atmen, denn ein Gefühl der Kälte und Nässe fiel auf die Brust.

Zugleich ging der Fischfang immer schneller; man sprach nicht mehr, so viel gaben die Leinen her; jeden Augenblick hörte man einen schweren Fisch aufs Verdeck fallen, wie mit einem Peitschenschlag auf die Bretter hingeschleudert, dann schüttelten sie sich wütend hin und her und schlugen klatschend mit dem Schwanz auf das Holz; alles war mit Seewasser und mit feinen, silbernen Schuppen bespritzt, die sie im Zappeln verloren. Der Mann, der ihnen mit seinem großen Messer den Bauch aufschlitzte, schnitt sich in der Eile in die Finger, und sein frisches, rotes Blut mischte sich in die Salzlake.

10.

Diesmal blieben sie zehn Tage hintereinander im dicken Nebel, ohne etwas zu sehen. Der Fischfang blieb ergiebig, und bei so viel Arbeit langweilte man sich nicht. Von Zeit zu Zeit, in regelmäßigen Zwischenräumen, blies einer in das beinerne Nebelhorn, was einen Ton gab wie das Brüllen eines wilden Tieres. Manchmal antwortete aus den weißen Nebelgründen ein anderes fernes Brüllen auf ihren Zuruf. Dann wachte man aufmerksamer. Wenn der Ruf sich näherte, spannten sich alle Ohren nach dem unbekannten Nachbar hin, den man wahrscheinlich nicht erblicken würde und dessen Gegenwart doch eine Gefahr war. Man hegte Vermutungen über ihn; er wurde zu einer Beschäftigung, zu einer Gesellschaft, und in dem Verlangen, ihn zu sehen, strengten sie die Augen an, die ungreifbaren, weißen Tücher zu durchdringen, die überall in der Luft ausgespannt blieben.

Dann entfernte er sich, das Brüllen seines Horns erstarb in dumpfer Weite, und man war wieder in dem Schweigen allein, inmitten der Unendlichkeit unbeweglicher Dünste. Alles war mit Wasser gesättigt; alles triefte von Salz und Fischlake. Die Kälte wurde durchdringender; die Sonne schleppte sich länger unter dem Horizonte dahin; es gab bereits wirkliche Nächte von einer oder zwei Stunden, deren graues Hereinbrechen drohend und eisig war.

Jeden Morgen maß man mit Blei die Wasserhöhe, aus Furcht, dass die Marie sich zu sehr Island genähert. Aber alle Leinen an

Bord konnten aneinandergeknüpft den Meeresgrund nicht erreichen. Also war man noch auf hoher See, in schönem, tiefem Wasser.

Das Leben war rauh und gesund; die beißendere Kälte vermehrte das Wohlbehagen am Abend, den Eindruck eines rechten warmen Obdachs, den man in der Kajüte von massivem Eichenholz empfand, wenn man zum Nachtessen oder zum Schlafen hinabstieg.

Am Tage sprachen diese Männer, die in strengerer Klausur lebten als Mönche, wenig miteinander. Jeder blieb mit seiner Leine Stunden und Stunden lang unwandelbar an dem nämlichen Posten, die Arme allein rührend in der unaufhörlichen Arbeit des Fischens. Sie waren nur durch zwei oder drei Meter von einander getrennt, aber zuletzt sahen sie sich gar nicht mehr.

Diese Ruhe des Nebels, diese weiße Dunkelheit schläferte den Geist ein. Bei der Arbeit sang man sich – mit halber Stimme, um die Fische nicht zu verscheuchen, – eine heimische Melodie. Die Gedanken wurden langsamer und seltener; sie schienen sich auszudehnen, in ihrer Dauer zu verlängern, wie um die Zeit zu füllen, um keine Lücken des Nichtseins – Nichtdenkens entstehen zu lassen. Man hatte keinen Sinn mehr für Frauen, dazu war es zu kalt; träumte aber unzusammenhängende, wunderbare Dinge, wie im Schlaf, und das Gewebe dieser Träume war ebenso lose wie der Nebel ...

Der trübe Augustmonat schloss in jedem Jahre auf diese stille und traurige Weise die Zeit in Island ab. Übrigens schwellte dasselbe Vollgefühl physischen Lebens die Brust der Seeleute und stählte ihre Muskeln.

Yann hatte wirklich gleich seine gewöhnliche Art und Weise wiedergefunden, als hätte sein großer Kummer nicht angedauert: wachsam und beweglich, rasch beim Manövrieren und beim Fischfang, mit zwanglosem, sorglosem Gang; mitteilsam übrigens nur zu seinen Stunden – und die waren selten – den Kopf immer hoch tragend, mit dem gleichgültigen und herrischen Anstrich.

Am Abend, beim Essen, wenn man, das Messer in der Hand, in der verwitterten Wohnung, die die Mutter Gottes aus Ton beschützte, um den Tisch saß, vor dem guten, warmen, vollen Teller, dann kam es vor, dass er wie früher über die komischen Dinge lachte, die die anderen sagten. Vielleicht dachte er in seinem Innern ein klein wenig an diese Gaud, die Sylvester ihm sicher in den letzten Todesgedanken zur Frau bestimmt, – und die jetzt ein armes Mädchen geworden, ohne eine Seele auf der weiten Welt. – Vielleicht auch dauerte doch vor allem die Trauer um den Bruder im Herzensgrunde ...

Aber dies Herz Yanns war eine jungfräuliche Region, schwer zu regieren, wenig gekannt, und in der Dinge vorgingen, die sich nach außen nicht enthüllten.

11.

Eines Morgens, gegen drei Uhr, während sie noch ruhig unter ihrem Nebelleichentuch träumten, hörten sie den Klang von Stimmen, die fremdartig und ihnen unbekannt schienen. Die auf dem Verdeck waren, sahen sich unter einander an und befragten sich mit einem Blick:

Wer hat gesprochen?

Niemand; keiner hatte etwas gesagt. Es schien wirklich aus der Öde draußen zu kommen. Da stürzte sich derjenige, der mit dem Nebelhorn betraut war, und der sein Amt seit dem vorigen Tage vernachlässigt hatte, darauf, und stieß mit aller Kraft seines Atems hinein, so dass ein langer lauter Alarmruf ertönte. Das allein machte einen schon schaudern, in der Stille.

Und als wäre eine Geistererscheinung durch den Ton des Nebelhorns hervorgerufen worden, hatte sich ein unerwartetes großes etwas vor ihnen aufgetürmt, grau in grau, drohend, hoch und sehr nahe: Masten, Querstangen, Seilenden – Umriss eines vollständigen

Fahrzeuges, war in der Luft erschienen wie die Nebelbilder, die mit erschreckender Plötzlichkeit durch einen Lichtstrahl auf die gespannte Leinwand gezaubert werden. Und Männer erschienen dort greifbar nahe, auf den Schiffsrand gelehnt, sie mit aufgerissenen Augen ansehend, in einem überraschten und entsetzten Erwachen.

Sie warfen sich auf Ruder, auf Reservemasten, auf Stangen, auf alles, was sich Langes und Festes vorfand, und stießen sie nach außen, um dieses Ding und diese Besucher, die über sie kamen, fern zu halten. Und die anderen, ebenso erschrocken, hielten ihnen ungeheure Stangen entgegen, um sie abzustoßen. Aber es ging nur ein leichtes Krachen durch die Querbäume über ihren Köpfen, die sich berührt hatten, und das Mastwerk, das einen Augenblick verklammert gewesen, befreite sich sofort, ohne jeden Schaden; der Stoß, der in der Windstille sehr weich gewesen, war ganz gebrochen; er war sogar so schwach, als hätte das andere Fahrzeug gar keinen Gehalt und Körper, als wäre es etwas Weiches, Gewichtloses.

Sowie der Schrecken vorüber war, fingen die Männer an zu lachen und erkannten einander:

»Ohe! Ihr von der Marie!«

»He! Gaos! Laumec! Guermeur!«

Die Erscheinung war die Reine-Berthe, Kapitän Larvoër, auch aus Paimpol; die Matrosen waren aus den Dörfern der Umgegend; der Große dort, ganz schwarzbärtig, zeigte lachend seine weißen Zähne; es war Kerjegou, einer aus Plondaniel, und die anderen waren von Plounes oder von Plounerin.

»Warum bliest ihr auch nicht in euern Horn, ihr Bande von Wilden?« fragte Larvoër von der Reine-Berthe. »Na, und ihr, Bande von Piraten und Seeräubern, böses Gift der See?«

»O wir: Das ist was anderes! uns ist es verboten, Lärm zu machen!« (Das hatte er mit einem sonderbaren Wesen geäußert, als gäbe er ein dunkles Geheimnis zu verstehen, mit einem eigentümlichen Lächeln, das später denen von der Marie oft in den Kopf kam und ihnen viel zu denken gab.)

Und als hätte er schon zu viel gesagt, schloss er mit dem Scherze:

»Unser Horn hat der da verplatzt, indem er hineinblies.«

Und er zeigte auf einen Matrosen mit einem Tritonengesicht, fast nur aus Hals und Brust bestehend, viel zu breit für seine kurzen Beine, mit etwas unglaublich Groteskem und Beunruhigendem in seiner unförmlichen Kraft.

Während man sich so anschaute und irgend eine Brise von oben oder eine Strömung von unten erwartete, um schneller auseinander zu kommen und die Fahrzeuge zu trennen, knüpfte man ein Gespräch an.

Alle auf den Rand gelehnt, sich mit ihren langen Stücken Holz in respektvoller Entfernung haltend, wie Belagerte mit ihren Lanzen, sprachen sie von den Angelegenheiten aus der Heimat, von den letzten Briefen, die durch die Häringsboote angekommen waren, von den alten Eltern und den Frauen.

»Mir«, sagte Kerjegou, »meldet die Meine, dass sie das Kleine bekommen hat, das wir erwarteten, nun ist unser Dutzend bald voll.«

Ein Andrer hatte Zwillinge bekommen; ein Dritter erzählte von der Heirat der schönen Jeannie Caroff – ein den Isländern wohlbekanntes Mädchen – mit einem reichen bresthaften Alten aus der Gemeinde Plourivo.

Sie sahen sich wie durch weiße Gaze hindurch – die sogar den Stimmenschall zu verändern schien, der wie gedämpft und aus der Ferne klang. Aber Yann konnte seine Augen nicht von einem dieser Fischer abwenden, einem kleinen, ältlichen Mann, den er sicher war nie und nirgends gesehen zu haben, und der dennoch gleich zu ihm gesagt hatte: »Guten Tag, mein großer Yann!« als wenn er ihn genau kennte; er hatte eine widerwärtige Ähnlichkeit mit den Affen, mit ihrem maliziösen Blinzeln in den stechenden Augen.

»Mir«, sagte noch Larvoër von der Reine-Berthe, »mir hat man den Tod des Enkels der alten Witwe Moan von Ploubazlanec gemeldet, der, wie ihr wisst, auf dem chinesischen Geschwader diente. – Recht schade um ihn!«

Wie sie das hörten, drehten sich die andern von der Marie zu Yann, um zu erfahren, ob er von dem Unglück schon Kenntnis habe. »Ja«, sagte er mit leiser Stimme in gleichgültigem und hochmütigem Ton, »es stand in dem letzten Brief, den mir mein Vater geschickt hatte.«

Sie sahen ihn alle mit der Neugierde an, die ihnen sein Leid einflößte, und das reizte ihn.

Ihr Gerede kreuzte sich eilig durch den bleichen Nebel hindurch, während die Minuten ihrer sonderbaren Begegnung entflohen.

»Meine Frau meldet mir zugleich«, fuhr Larvoër fort, »dass die Tochter des Herrn Mével die Stadt verlassen hat, um in Ploubazlanec zu wohnen und die alte Moan, ihre Großtante, zu pflegen. Sie hat jetzt angefangen, im Tagelohn bei den Leuten zu arbeiten, um ihr Brot zu verdienen. Ich für meinen Teil hatte übrigens immer die Meinung, dass sie ein braves tapferes Mädchen sei, trotz ihrem hochmütigen Fräuleintun und ihres Putzes.«

Da sah man wieder Yann an, was ihm ganz und gar missfiel, und eine rote Farbe stieg ihm in die Wangen unter seiner goldig verbrannten Haut.

Mit diesem Urteil über Gaud wurde die Unterhaltung mit den Leuten von der Reine-Berthe geschlossen, die kein lebendes Wesen jemals mehr wieder sehen sollte. Schon seit einem Augenblicke schienen ihre Gesichter verschwommener, denn ihr Schiff war weniger nah; plötzlich hatten die von der Marie nichts mehr zu stoßen, nichts mehr am Ende ihrer langen Hölzer; alle ihre Balken, Ruder, Masten oder Querstangen fuhren suchend in die Leere und fielen eins nach dem andern schwerfällig in die See, wie große tote Arme; man zog daher die unnötigen Wehren wieder ein; die Reine-

Berthe war in den tiefen Nebel zurückgesunken und mit einem Schlag verschwunden, wie das Bild in einem Transparent, wenn die Lampe dahinter ausgeblasen wird. Sie versuchten sie anzurufen, aber nichts antwortete mehr als ein mehrstimmiges spöttisches Geschrei, in ein Stöhnen endigend, so dass sie sich überrascht ansahen ...

Diese Reine-Berthe kam nicht zurück mit den andern Isländern, und da der Samuel-Azenide in einem Fjord einem nicht zu verkennenden Wrack begegnet war, so erwartete man sie nicht mehr; schon im Monat Oktober wurden die Namen all ihrer Matrosen auf schwarzen Tafeln in der Kirche eingeschrieben. Übrigens seit dieser letzten Erscheinung, deren Datum die Leute von der Marie sich genau erinnerten, bis zur Zeit der Heimkehr war gar kein gefährliches schlechtes Wetter auf dem isländischen Meere gewesen, während im Gegenteil drei Wochen früher ein Sturm von Westen mehrere Seeleute über Bord gefegt und zwei Schiffe verschlungen hatte. Da gedachte man des Lächelns von Larvoër, und Dieses und jenes zusammenhaltend, machte man viele Vermutungen; Yann sah Nachts mehrmals den Seemann wieder, der wie ein Affe geblinzelt, und einige von der Marie frugen sich endlich mit Grauen, ob sie an jenem Morgen nicht mit Verstorbenen gesprochen.

12.

Der Sommer verging, und Ende August, zugleich mit den ersten Morgennebeln, sah man die Isländer zurückkehren. Schon seit drei Monaten bewohnten die beiden Verlassenen in Ploubazlanec die Hütte der Moan zusammen; Gaud hatte die Stelle der Tochter eingenommen in diesem armen Neste toter Seeleute. Dorthin hatte sie alles geschickt, was man ihr nach dem Verkauf ihres Vaterhauses gelassen: ihr schönes städtisches Bett und ihre schönen Kleider von verschiedenen Farben. Ihr neues einfaches schwarzes Kleid hatte sie selbst gemacht und trug wie die alte Yvonne eine Trauerhaube von dichtem Mousselin, nur mit Falten geziert. Alle Tage arbeitete sie an Nähereien bei den reichen Leuten der Stadt und kam bei einfallender Nacht heim, ohne auf dem Wege durch irgend welchen Liebhaber zerstreut zu werden, denn sie war etwas hochmütig geblieben und wurde noch als Fräulein respektiert. Beim Gutenabend legten die Burschen wie früher die Hand an den Hut. In der schönen Abenddämmerung ging sie von Paimpol zurück den Strand entlang und atmete die frische erquickende Meerluft ein. Das Arbeiten mit der Nadel hatte noch nicht Zeit gehabt, sie zu entstellen, wie andere, die immer auf ihre Arbeit gebückt leben: indem sie das Meer ansah, streckte sie ihre biegsame Gestalt, die ein Erbstück ihres Geschlechts war, und blickte über das Meer, über die Weite, in deren fernsten Gründen Yann war. Dieser selbe Weg führte zu ihm. Ginge man noch ein wenig nach jener steinigeren, dem Winde ausgesetzteren Gegend, so wäre man in den Weiler von Pors-Even gekommen, wo die Bäume mit grauem Moos bedeckt, ganz klein zwischen den Steinen wachsen und sich in der Richtung der westlichen Windstöße zu Boden neigen. Sicher würde sie niemals dorthin wiederkehren, nach diesem Pors-Even, obgleich es weniger als eine Meile war. Aber einmal in ihrem Leben war sie hingegangen, und das hatte hingereicht, um einen Zauber auf den ganzen Weg zu breiten. Yann musste übrigens oft dahergehen, und von ihrer Türe aus würde sie ihm nachschauen können, wie er auf der flachen Heide kam und ging, zwischen den kurzen Birken. Darum liebte sie die ganze Gegend von Ploubazlanec. Sie war fast glücklich, dass das Schicksal sie dorthin verschlagen; in keinem anderen Ort der Gegend hätte sie das Leben ertragen.

In dieser Jahreszeit, zu Ende August, steigt ein Erschlaffen aus wärmeren Ländern vom Süden nach dem Norden. Es gibt leuchtende Abende, Widerscheine von einer fernen, kräftigen Sonne, welche bis über das bretonische Meer hinschleichen; sehr oft ist die Luft klar und still und nirgends eine Wolke.

In den Stunden, wo Gaud zurückgegangen kam, schmolzen die Dinge schon in nächtlichem Dunkel ineinander und begannen, sich vereinend, nur noch Silhouetten zu bilden. Hie und da erhob sich ein Ginstertuff auf einer Anhöhe zwischen zwei Steinen, wie ein zerzauster Federbusch; eine Gruppe knorriger Bäume bildete eine dunkle Masse in einer Bodensenkung, oder irgend ein Weiler mit Strohdächern zeichnete sich über der Heide, wie ein kleiner buckliger Ausschnitt. An den Kreuzwegen breiteten die alten Christusbilder, die das Land behüteten, ihre schwarzen Arme aus, wie wirkliche hingerichtete Menschen, und in der Ferne hob sich die manche wie ein großer gelber Spiegel hell ab von dem Himmel, der nach unten gegen den Horizont hin schon dunkel und dunstig war. Und in diesem Lande war sogar die Ruhe, sogar das schöne Wetter melancholisch. Es blieb trotz alledem eine Unruhe über allem schweben, eine Angst, die von der See kam, der so viele Wesen anvertraut, und deren ewige Drohung nur eingeschlummert war.

Gaud, welche auf dem Wege träumte, fand ihren Heimgang durch die frische Luft nie lang genug. Man roch den salzigen Geruch des Strandes und den süßen Geruch von gewissen kleinen Blumen, welche auf den Klippen, zwischen hageren Dornen wachsen. Ohne die Großmutter Yvonne, die sie zu Hause erwartete, hätte sie sich gern auf den Ginsterpfaden versäumt, nach der Art der schönen Fräulein, welche an den Sommerabenden in den Parks zu träumen lieben.

Das Land durchwandernd, kamen ihr wohl auch Erinnerungen aus früher Kindheit. Aber wie waren sie jetzt vermischt, entfernt, verkleinert durch ihre Liebe. Trotz allem wollte sie diesen Yann wie einen Verlobten betrachten – einen fliehenden, verschmähenden, scheuen Bräutigam, den sie nie besitzen, dem sie aber beharrlich treu bleiben würde, ohne es irgend wem mehr anzuvertrauen.

Für den Augenblick wusste sie ihn gern in Island; dort wenigstens hob das Meer ihn ihr auf, in seiner tiefen Klausur, und er konnte sich an keine andere verschenken.

Wohl würde er einen dieser Tage wiederkommen, aber auch dieser Heimkehr gedachte sie mit mehr Ruhe als früher. Instinktmäßig fühlte sie, dass ihre Armut keinen Grund bilden würde, noch mehr verschmäht zu werden – denn er war nicht ein Bursch wie die anderen. – Und dann war der Tod des kleinen Sylvester etwas, was sie entschieden einander näherte. Bei seiner Ankunft konnte er nicht verfehlen, unter ihr Dach zu kommen, um die Großmutter seines Freundes zu sehen, und sie hatte beschlossen, da zu sein für diesen Besuch; es kam ihr nicht so vor, als wäre es gegen ihre Würde. Ohne dass es den Anschein hatte, als erinnerte sie sich an etwas, würde sie mit ihm sprechen wie mit jemand, den man seit lange kennt. Sogar mit Herzlichkeit würde sie zu ihm sprechen, als zu Sylvesters Bruder, und suchen, unbefangen auszusehen. Und wer weiß, es würde vielleicht nicht unmöglich sein, bei ihm die Stelle einer Schwester einzunehmen, jetzt, wo sie so allein war in der Welt; in seiner Freundschaft zu ruhn, ja sie sogar als eine Stütze von ihm zu erbitten, indem sie sich deutlich genug erklärte, damit er nicht mehr an einen Heiratshintergedanken glaubte. Sie hielt ihn nur für scheu, für eigensinnig in seinen Unabhängigkeitsgedanken, aber auch für sanft, offen und fähig, sehr wohl das Gute zu verstehen, das unmittelbar aus dem Herzen kommt.

Was würde er empfinden, wenn er sie hier arm wiederfände, in dieser fast verfallenen Hütte? Ja wohl, sehr arm war sie! Denn die Großmutter Moan, die nicht mehr kräftig genug war, in Taglohn waschen zu gehen, hatte nichts mehr als ihre Witwenpension; freilich aß sie jetzt sehr wenig, und die beiden konnten leben, ohne irgend jemand um etwas zu bitten ...

Es war immer schon Nacht, wenn sie nach Hause kam; vor dem Eintritt musste man auf abgenutzten Felsen etwas hinabsteigen; denn die Hütte lag tiefer als der Weg nach Ploubazlanec, in dem Teil, der sich nach dem Strande neigt. Sie war ganz versteckt unter ihrem dicken braunen Strohdach, das viele Buckeln hatte und aussah wie der Rücken eines ungeheuren Tieres, welches unter seinem groben Fell zusammengestürzt war. Seine Mauern hatten die dunkle Farbe und die Rauhheit der Felsen und waren mit Moos und Löffelkraut bedeckt, das kleine grüne Büschel machte. Man erstieg die drei ausgetretenen Stufen der Schwelle, und man öffnete den inneren Türriegel mit einem Stück Schiffstau, das aus einem Loch heraushing. Wenn man eintrat, sah man sich gegenüber zuerst die Luke, die wie in einen Festungswall hineingeschnitten war und auf das Meer ging, von wo ein letzter, blassgelber Lichtschein hereinfiel. Im großen Kamine loderten duftende Tannen- und Buchenreiser, welche die alte Yvonne bei ihren Wanderungen längs den Wegen auflas; sie selbst saß und überwachte ihr bescheidenes Nachtessen; im Hause trug sie nur ihr Kopftuch, um ihre Hauben zu schonen; ihr noch immer schönes Profil hob sich von des Feuers roter Glut ab. Dann erhob sie zu Gaud die einst braunen Augen, die jetzt eine verblichene Farbe hatten, ins Bläuliche spielend, und nicht mehr schauten, sondern trübe, unsicher vor Alter umherirrten. Sie sagte jedesmal dasselbe:

»Ach! mein Gott! mein gutes Kind, wie spät du heute Abend heimkommst!« –

»Gewiss nicht, Großmutter«, antwortete Gaud, die daran gewöhnt war, ganz sanft: »Es ist dieselbe Stunde wie an den anderen Tagen.«

»Ach! mir war's, mein Kind, mir war's, es wäre später wie gewöhnlich.«

Sie aßen an einem Tisch zu Nacht, der noch so dick war wie ein starker Eichenstamm, aber fast keine Form mehr hatte, so war er abgenutzt. Und das Heimchen verfehlte nie, ihnen seine kleine Musik mit Silberton zu machen.

Eine Seite der Hütte war durch rauh geschnitztes, wurmstichiges Holzwerk eingenommen; geöffnet gab es zu gefachartigen Lagerstätten Einlass, wo mehrere Fischergenerationen geboren worden, geschlafen hatten, und in denen die alten Mütter gestorben waren.

An den schwarzen Dachbalken hingen sehr alte Hanshaltungsgegenstände, Kräuterbündel, Holzlöffel, geräucherter Speck; auch alte Netze, die dort schliefen seit dem Untergange der letzten Moan, und deren Maschen Nachts die Ratten zernagten.

Gauds Bett, das in einer Ecke angebracht war, sah mit seinen weißen Musselinvorhängen aus, wie ein eleganter und frischer Gegenstand, den man in eine Keltenhütte getragen hätte.

Da war eine Photographie von Sylvester als Matrose, in einem Rahmen an die Granitmauer gehängt. Seine Großmutter hatte seine Militärmedaille daran festgemacht, nebst einem Paar Anker von rotem Tuch, die die Matrosen auf dem rechten Ärmel tragen und die von ihm waren. Gaud hatte ihr auch in Paimpol einen von jenen Totenkränzen aus schwarzen und weißen Perlen gekauft, mit denen man in der Bretagne die Bilder Verstorbener umgibt. Dies war sein kleines Mausoleum, alles, was es gab, um sein Gedächtnis in der bretonischen Heimat heilig zu halten.

An Sommerabenden blieben sie nicht lange auf, um Licht zu sparen; wenn es schön war, setzten sie sich ein Weilchen auf eine Steinbank vor der Türe und betrachteten die Leute, die etwas über ihren Köpfen auf dem Wege vorübergingen. Dann legte sich die alte Yvonne in ihr Schrankgefach und Gaud in ihr Fräuleinbett; Gaud schlief dort ziemlich schnelle in, da sie viel gearbeitet hatte und weit gegangen war, und dachte an die Heimkehr der Isländer, wie ein verständiges, entschlossenes Mädchen, ohne zu große Erregung.

13.

Aber eines Tages, als sie in Paimpol hörte, die Marie sei eben angekommen, da fühlte sie sich wie im Fieber. Ihre ganze Ruhe der
Erwartung hatte sie verlassen; sie suchte möglichst schnell mit ihrer
Arbeit fertig zu werden, ohne recht zu wissen warum, machte sich
frühzeitiger als gewöhnlich auf den Weg, – und da, wie sie rasch
dahinschritt, erkannte sie ihn von Weitem, wie er ihr entgegenkam.

Ihre Knie zitterten und versagten den Dienst. Er war schon ganz
nahe, kaum zwanzig Schritte weit, mit seiner prachtvollen Gestalt
und seinem lockigen Haar unter der Fischermütze. Sie war so fas-
sungslos bei dieser Begegnung, dass sie wirklich Angst hatte, sie
würde schwanken, und er würde es merken; und dann wäre sie
vor Scham gestorben … Und dann dachte sie, ihr Haar sei unor-
dentlich, und sie sähe müde aus, weil sie sich bei der Arbeit zu
sehr abgehetzt: sie hätte alles darum gegeben, in den Ginsterbüschen
versteckt zu sein, in ein Wieselloch verkrochen. Übrigens hatte
auch er eine Bewegung nach rückwärts gemacht, als wollte er einen
andern Weg einschlagen. Aber es war zu spät, und sie kreuzten
sich in dem schmalen Pfade.

Um sie nicht zu streifen, drückte er sich gegen den Wegrain,
mit einem Seitensprung, wie ein scheues Pferd, das ausweicht, und
sah sie verstohlen und scheu an. Während einer halben Sekunde
hatte auch sie die Augen erhoben, in denen wider ihren Willen
eine Bitte und eine Furcht geschrieben standen. Und in diesem
unwillkürlichen Kreuzen ihrer Blicke, das schneller war als ein
Schuss, schienen ihre flachsgrauen Augensterne sich zu erweitern,
sich durch irgend einen Gedankenblitz zu erleuchten und wirklich
ein blaues Licht zu sprühen, während ihr Antlitz ganz rosig geworden war, bis in die Schläfen, bis unter die blonden Zöpfe.

Seine Mütze berührend hatte er gesagt:

»Guten Tag, Fräulein Gaud!«

»Guten Tag, Herr Yann!« antwortete sie. Und das war alles; er war vorüber. Sie setzte noch immer zitternd ihren Weg fort, aber sie fühlte, indem er sich entfernte, wie ihr Blut wieder seinen gewohnten Lauf nahm und die Kräfte ihr wiederkehrten.

Zu Hause fand sie die alte Moan in einer Ecke sitzend, den Kopf zwischen den Händen und weinend, mit ihrem hi! hi! hi! wie ein kleines Kind, ganz zerzaust, ihre Haarsträhnen aus dem Kopftuch gefallen, wie ein dünnes, graues Hanfgebind.

»Ach! meine gute Gaud, – ich habe den Sohn Gaos bei Plouherzel begegnet, wie ich zurückkam vom Holzlesen, – und da haben wir von meinem armen Kleinen gesprochen, wie du Dir wohl denken kannst. Sie sind heute Morgen aus Island angekommen, und schon Mittags war er gekommen mich besuchen, während ich draußen war. Der arme Junge, er hatte auch Tränen in den Augen. Bis an meine Türe, da hat er mich begleiten wollen, um mir mein kleines Holzbündel zu tragen.«

Da stand sie, hörte das alles an, und ihr Herz zog sich allmählich zusammen: also dieser Besuch Yanns, auf den sie so fest gerechnet, um ihm so viel zu sagen, war schon gemacht und würde sich vermutlich nicht mehr wiederholen: es war vorbei ...

Da kam ihr die Hütte trostloser vor, das Elend bitterer, die Welt leerer – und sie neigte den Kopf und hatte Lust zu sterben.

14.

Der Winter kam allmählich und breitete sich aus wie ein Leichentuch, das man sehr langsam niederfallen lasst. Graue Tage folgten grauen Tagen, aber Dann erschien nicht wieder – und die beiden Frauen lebten gar sehr verlassen.

Mit der Kälte wurde ihr Leben kostspieliger und härter. Und dann wurde die Pflege der alten Yvonne schwer. Ihr armer Kopf wurde schwach; sie ärgerte sich jetzt und sagte böse Sachen und

Schimpfwörter. Ein- oder zweimal die Woche packte sie's, über gar nichts, wie die Kinder.

Arme Alte! Sie war noch so sanft in ihren guten, lichten Tagen, dass Gaud nicht aufhörte, sie zu ehren und lieb zu haben. Immer gut gewesen zu sein und nun so böse zu werden! in der letzten Stunde einen ganzen Untergrund von Bosheit herauszukehren, der durchs ganze Leben geschlummert, eine ganze Wissenschaft von groben Worten, die man stets verborgen: welcher Hohn der Seele und welche geheimnisvolle Ironie!

Sie fing nun auch an, zu singen, und das tat noch weher als ihre Zornesausbrüche; wie ihr die Dinge zufällig in den Kopf kamen, waren es *Oremus* aus der Messe oder sehr garstige Couplets, die sie früher im Hafen von Matrosen gehört. Es kam vor, dass sie »die Mägdlein von Paimpol« anstimmte oder den Kopf wiegend und mit dem Fuß den Takt schlagend, sang:

Mein Mann ist eben fort;
Zum Fischfang nach Island ist mein Mann fort;
Hat mich ohne einen Groschen gelassen,
Aber – Tralala – lalu,
Ich verdiene!
Ich verdiene

Jedesmal hielt sie plötzlich an, und zugleich wurden die Augen weit und starrten ohne Ausdruck ins Leere, alles Leben darin war verschwunden, wie die erlöschenden Flammen, die plötzlich groß aufflackern, um zu ersterben. Und dann neigte sie den Kopf und blieb lange zusammengesunken, den Unterkiefer hängen lassend, wie die Toten.

Sie war auch nicht mehr recht reinlich, und das war eine neue Art Prüfung, auf die Gaud nicht gerechnet hatte.

Eines Tages kam es vor, dass sie sich ihres Enkels nicht mehr entsinnen konnte: »Sylvester? Sylvester?« sagte sie zu Gaud, und schien zu suchen, wer das wohl sein könnte. »Ach! Siehst du, meine Gute, ich habe so viele gehabt, als ich jung war, Buben, Mädchen – Mädchen und Buben, dass ich zur Stunde, nun ja, mein Gott« … Und indem sie das sagte, warf sie ihre armen, runzligen Hände in die Luft, fast mit liederlicher Sorglosigkeit. Aber den nächsten Tag erinnerte sie sich dann sehr wohl, erzählte tausend kleine Dinge, die er getan oder gesagt, und den ganzen Tag beweinte sie ihn.

O, diese Winterabende, wenn das Reisig ausging, um Feuer zu machen! Frierend arbeiten, arbeiten, um sein Brot zu erwerben, fein nähen, vor dem Einschlafen noch die von Paimpol allabendlich mitgebrachten Arbeiten vollenden!

Die Großmutter Yvonne saß dann still am Kamin, die Füße an dem verklimmenden Feuer wärmend, die Hände unter der Schürze. Aber beim Beginn des Abends musste man sich immer mit ihr unterhalten.

»Du sagst nichts zu mir, meine gute Tochter, warum denn nicht? Zu meiner Zeit kannte ich doch welche von deinem Alter, die einen unterhalten konnten. Mir ist, wir würden nicht so traurig dasitzen, wir zwei, wenn du ein wenig sprechen wolltest.«

Dann erzählte Gaud irgendwelche Neuigkeiten, die sie in der Stadt gehört, und nannte die Namen der Leute, die sie unterwegs begegnet, und sprach von Dingen, die ihr sehr gleichgültig waren, wie übrigens jetzt alles auf der Welt, dann hielt sie mitten in ihren Geschichten inne, wenn sie sah, dass die arme Alte eingeschlafen war.

Nichts Lebendes, nichts Junges um sie her, dessen frische Jugend ihre Jugend lockte. Ihre Schönheit würde sich verzehren, einsam und unfruchtbar …

Der Seewind, der von allen Seiten hereinwehte, machte ihre Lampe flackern, und das Rauschen der Wogen hörte man wie in einem Schiff; indem sie horchte, mischte sich die ewig gegenwärtige und schmerzende Erinnerung an Yann hinein, dessen Reich das war. Während der langen, schreckensvollen Nächte, wo in schwarzer Finsternis draußen alles heulend entfesselt war, dachte sie mit noch größerer Angst an ihn.

Und allein, immer allein mit der schlafenden Großmutter, hatte sie manchmal Angst, in die dunkeln Ecken zu sehen, wenn ihr die Matrosenahnen einfielen, die in diesen Schrankgefachen geschlafen hatten, die in ähnlichen Nächten auf hoher See umgekommen und deren Seelen wiedererscheinen konnten; sie fühlte sich nicht vor dem Besuche der Toten beschützt, durch die Gegenwart dieser alten Frau, die schon fast zu ihnen gehörte.

Plötzlich erbebte sie von Kopf bis zu Füßen, wenn aus der Kaminecke ein pfeifendes, zerbrochenes Stimmchen, dünn wie ein Faden, erklang, als wäre es unter der Erde erstickt. Mit lustigem Ton, der die Seele erstarren machte, sang die Stimme:

Zu Islands Fischfang ist mein Mann eben fort;
Er ließ mich ohne einen Groschen,
Aber – Tralala, lalu ...

Dann empfand sie das eigentümliche Gefühl von Schrecken, das die Gesellschaft Wahnsinniger verursacht.

Der Regen plätscherte, plätscherte mit dem unaufhörlichen Geräusch einer Quelle; fast ohne Nachlassen hörte man ihn längs der Mauern niederrieseln. In dem alten Moosdach waren Kändel, die immer an denselben Stellen, eintönig, unermüdlich, dasselbe traurige Klingen machten, an manchen Stellen weichten sie den Boden der Hütte auf, der Felsen, gestampfte Erde, Kies und Muscheln war.

Rings fühlte man Wasser um sich her; es hüllte einen mit seinen endlosen, kalten Massen ein: ein gequältes, peitschendes, in der Luft zerstäubendes Wasser, das die Dunkelheit dichter machte, und die zerstreuten Hütten der Gegend von Ploubazlanec noch mehr trennte.

Die Sonntagabende waren für Gaud die düstersten, wegen der Heiterkeit, die sie anderen brachten: es waren fast lustige Abende, selbst unter den verlorenen Dörfchen der Küste; hie und da gab es immer eine geschlossene Hütte, vom schwarzen Regen gepeitscht, aus der schwerfällige Lieder herausklangen. Drinnen waren aufgereihte Tische für die Trinker; Seeleute trockneten sich an dem rauchenden Feuer; Alte, die sich mit Branntwein begnügten, Junge, die den Mädchen den Hof machten, alle zechten, bis sie betrunken waren und sangen, um sich zu betäuben. Und nahe vor ihnen das Meer, ihr morgiges Grab, das auch mitsang, und die Nacht mit seiner ungeheueren Stimme erfüllte ...

An manchen Sonntagen gingen Gruppen junger Leute, die aus den Schenken oder von Paimvol heimkamen, auf dem Wege, nahe an der Türe der Moan vorüber; das waren diejenigen, welche die äußerste Landspitze, gegen Pors-Even, bewohnten. Sie gingen sehr spät vorbei, aus Mädchenarmen entschlüpft, unbesorgt, nass zu werden, da sie Regengüsse und Windstöße gewohnt waren. Gaud horchte auf ihr Singen und Schreien, das rasch im Lärm des Sturmes und der hohlen See erstorben war – suchte darunter Yanns Stimme herauszuhören und zitterte, wenn sie meinte, sie erkannt zu haben.

Es war schlecht von diesem Yann, dass er nicht wiedergekommen war, und dass er ein lustiges Leben führte, so bald nach Sylvesters Tode, – das alles glich ihm nicht! Nein, wahrhaftig, sie begriff ihn entschieden nicht mehr – aber trotzdem konnte sie sich nicht von ihm losreißen, noch denken, dass er kein Herz habe.

Es war ein Faktum, dass seit seiner Rückkehr sein Leben sehr leichtsinnig war.

Zuerst kam die gewöhnliche Reise nach dem Golf der Gascogne – und das ist immer für die Isländer eine Zeit der Belustigung, im Augenblick wo sie ein klein wenig Geld im Beutel haben, das sie sorglos verausgaben dürfen. (Kleine Abzahlungen, um sich einen vergnügten Tag zu machen, welche die Kapitäne von dem großen Fischfangsanteil abziehen, den sie ihnen erst im Winter auszahlen.) Man war, wie jedes Jahr, auf den Inseln Salz holen gegangen, und er hatte sich in ein gewisses braunes Mädchen verliebt, das er im vorhergehenden Herbste gehabt, in Saint Martin de Ré. Sie waren bei dem letzten fröhlichen Sonnenschein in den roten Weinbergen spazieren gegangen, welche widerhallten von Lerchensang, welche dufteten von reifen Trauben, von den Sandnelken und von dem Seegeruch des Strandes. Zusammen hatten sie gesungen und getanzt auf den Festen der Weinlese, wo man sich mit Most zu leichtem verliebten Rausche betrinkt. Dann war die »Marie« bis Bordeaux hinabgefahren, und er hatte in einem großen, ganz vergoldeten Weinhaus die schöne Sängerin mit der goldenen Uhr wiedergefunden und hatte sich während acht weiteren Tagen behaglich anbeten lassen.

Im Monat November in die Bretagne zurückgekehrt, war er als Brautführer bei mehreren Hochzeiten seiner Freunde gewesen, fortwährend in seinen schönen Festkleidern und oft nach Mitternacht betrunken am Ende der Bälle. Jede Woche hatte er ein neues Abenteuer, welches die Mädchen sich beeilten, Gaud mit Übertreibung zu erzählen. Mehrmals hatte sie ihn von Weitem auf sich zukommen sehen auf dem Wege von Bloubazlanec, aber immer rechtzeitig, um ihm auszuweichen. Übrigens nahm auch er in solchen Fällen seinen Weg quer durch die Heide. Wie durch ein stummes Übereinkommen flohen sie sich nun.

15.

In Paimpol gibt es eine dicke Frau, Madame Tressoleur genannt. In einer der Straßen, die zum Hafen führen, hält sie eine Schenke, die bei den Isländern berühmt ist, und wo die Kapitäne und Rheder hinkommen, die Matrosen anzuwerben und unter den Stärksten zu wählen, während sie mit ihnen trinken.

Früher schön und noch zuvorkommend gegen die Fischer, hat sie nun einen Schnurrbart, männliche Schulterbreite und große Schlagfertigkeit im Reden. Sie sieht aus wie eine Marketenderin unter der großen, weißen, nonnenhaften Haube. Trotz alledem blieb in ihr ein religiöser Anstrich zurück, weil sie Bretonin ist. In ihrem Kopf sind alle Seeleute eingeschrieben, wie auf einem Register. Sie kennt die guten und die schlechten, weiß genau, was sie verdienen und was sie wert sind.

An einem Januartage arbeitete Gaud, welche bestellt worden, ein Kleid zu machen, dort in einem Zimmer hinter dem Trinksaale ...

Bei dieser Dame Tressoleur kommt man durch eine Tür mit massiven Granitpfeilern herein, über welche nach alter Mode das erste Stockwerk hinausragt; wenn man sie öffnet, kommt fast immer ein in der Straße verfangener Windstoß zu Hilfe, und die Ankommenden treten plötzlich ein, als wären sie durch eine Woge der hohlen See hereingeschleudert. Der Saal ist niedrig und tief, mit weißem Kalk getüncht und mit Bildern in vergoldeten Rahmen geschmückt, auf denen man Schiffe und Schiffbrüche sieht. In einer Ecke steht eine heilige Jungfrau von Ton auf einer Konsole, zwischen zwei künstlichen Blumensträußen. Diese alten Mauern haben manch kräftiges Matrosenlied erschallen hören, haben manche schwerfällige und wilde Lustigkeit sich entfalten sehen – seit den fernen Zeiten von Paimpol, durch die unruhige Epoche der Korsaren, bis zu den Isländern unserer Tage, die sehr wenig verschieden von ihren Vorfahren sind. Und manche Menschenexistenzen sind hier verspielt, verpfändet worden, zwischen zwei Räuschen, auf diesem eichenen Tische.

Während sie an dem Kleide nähte, horchte Gaud auf ein Gespräch über isländische Dinge, welches hinter der Zwischenwand von Madame Tressoleur und zwei Pensionierten, die dort trinkend saßen, geführt wurde. Die Alten diskutierten über ein gewisses ganz neues Schiff, welches man eben im Hafen ausrüstete: Sie würde nimmermehr flott sein, diese *Leopoldine*, um die nächste Campagne mitzumachen. »Ho, aber doch«, sagte die Wirtin, »ganz sicher wird sie flott sein! Wenn ich euch doch sage, dass sie gestern ihre Bemannung aufgenommen hat: Alle die von der alten *Marie* (vom Guermeur), die auf Abbruch verkauft wird; fünf *junge Personen* sind gekommen und haben sich anwerben lassen, an diesem Tisch – haben unterschrieben mit meiner Feder! – So! – und seine Leute – das schwöre ich euch: Laumec, Tugdual Caroff, Yvon Duff, der Sohn Keraez, aus Tréguier; – und der große Yann Gaos, von Pors-Even, der wohl Dreie wert ist!«

Die Leopoldine! Der kaum gehörte Name des Schiffes, das Yann entführen sollte, hatte sich mit einem Schlag in Gauds Gedächtnis befestigt, als hätte man ihn hineingehämmert, um ihn unauslöschlich zu machen.

Als sie am Abend nach Ploubazlanec zurückgekehrt war und beim Schein ihrer kleinen Lampe saß, um ihre Arbeit zu vollenden, fand sie in ihrem Kopfe das Wort immer wieder, dessen bloßer Klang auf sie den Eindruck von etwas Traurigem machte. Die Namen der Leute und der Schiffe haben eine ihnen eigene Physiognomie, beinahe eine Bedeutung. Und dieses »Leopoldine«, dies neue ungewohnte Wort, verfolgte sie mit einer Beständigkeit, die nicht natürlich war, mit drohender Aufdringlichkeit. Nein, sie hatte erwartet, Yann wieder auf der Marie fortfahren zu sehen, die sie gekannt, die sie früher einmal besucht hatte und deren Jungfrau während langer Jahre die Reise beschützt hatte; nun vermehrte dieser Wechsel, diese Leopoldine ihre Angst. Bald aber brachte sie's fertig, sich zu sagen, dass dies sie doch gar nicht mehr anginge, das nichts, was ihn betraf, Ihn, sie je wieder berühren dürfe. Und in Wahrheit, was machte es ihr, ob er hier war oder anderswo, ob auf diesem Fahrzeuge oder auf einem anderen, ob abwesend oder wiedergekehrt? Würde sie sich unglücklicher fühlen oder weniger unglücklich, wenn er in Island wäre, wenn mild und lau der Sommer wieder gekommen, auf die verödeten Hütten, zu den bangen einsamen Frauen; – oder wenn ein neuer Herbst anfinge, der die Fischer zurückbrächte? Das alles war für sie gleichgültig, gleichartig, gleich freude- und hoffnungslos. Es gab gar kein Band mehr zwischen ihnen, gar keinen Annäherungsgrund, da er sogar den armen kleinen Sylvester vergaß; – also hieß es begreifen, dass es für immer aus sei mit diesem einzigen Traum, mit diesem einzigen Wunsch ihres Lebens; sie musste sich von Yann loslösen, von allen Dingen, die auf seine Existenz Bezug hatten, selbst von dem Namen Island, der noch mit so schmerzlichem Zauber in ihr erzitterte, seinethalben; es hieß, alle diese Gedanken verjagen. Alles auskehren, sich sagen, dass es vorbei war, vorbei für ewig ...

Mit Sanftmut betrachtete sie die alte eingeschlafene Frau, der sie noch nötig war, aber deren Tod nicht mehr lange säumen würde. Und dann hernach, wozu leben, wozu arbeiten und was tun? ...

Der Westwind hatte sich draußen wieder erhoben; die Dachkandeln hatten über dem großen fernen Ächzen ihr ruhiges leichtes Tröpfeln, das wie ein Puppenschellchen klang, wieder begonnen. Und ihre Tränen begannen auch zu rinnen, Tränen der Waise und der Verlassenen, die mit einem kleinen bitteren Geschmacke über die Lippen rieselten und geräuschlos auf die Arbeit fielen, wie der Sommerregen, der keine Brise gebracht und der plötzlich schnell und in großen Tropfen aus zu schweren Wolken fällt. Und nichts mehr sehend, sich wie gebrochen fühlend, schwindelnd vor ihrer

Lebensöde, faltete sie die weite Taille von dieser Dame Tressoleur zusammen und versuchte sich niederzulegen.

In ihrem armen schönen Fräuleinbett erschauerte sie, wie sie sich ausstreckte: es wurde täglich feuchter und kälter – so wie alle Dinge in dieser Hütte. Weil sie aber sehr jung war, wurde sie, immer noch weinend, doch endlich warm und schlief ein.

16.

Dunkle Wochen waren wieder vorübergezogen, und man war schon in den ersten Tagen des Februar, bei ziemlich schönem, mildem Wetter. Dann kam eben von dem Rheder, bei dem er seinen Anteil am Fischfang des vorigen Jahres erhalten, 1500 Franken, die er forttrug, um sie seiner Mutter zu bringen nach der Familiensitte. Das Jahr war gut gewesen, und er ging zufrieden heim.

Nahe bei Ploubazlanec sah er einen Auflauf am Wegrande. Eine Alte, welche mit ihrem Stock in der Luft fuchtelte, und um sie her die zusammengerotteten Gassenbuben, die lachten: »Die Großmutter Moan!«

Die gute Großmutter, die Sylvester vergötterte, herumgezerrt und zerlumpt zu sehen, wie eine von diesen alten kindischen Armen, um die die Leute auf den Wegen zusammenlaufen, das verursachte ihm einen fürchterlichen Schmerz. Die Gassenbuben von Ploubazlanec hatten ihr die Katze umgebracht, und sie bedrohte sie mit ihrem Stock in großer Wut und Verzweiflung:

»Ach, wenn er hier gewesen wäre, er, mein armer Junge, ihr hättet das nicht gewagt, gewiss nicht, ihr garstigen Schelme!«

Sie war hingefallen, wie es schien, indem sie ihnen nachlief, um sie zu schlagen; ihre Haube war schief, ihr Kleid voll Schmutz, und obendrein sagten sie noch, sie sei betrunken! (Wie das wohl in der Bretagne vorkommt bei armen Alten, die viel Unglück gehabt haben.) Er, Yann, wusste, dass es nicht wahr sei, dass sie eine ehrwürdige Alte sei, die nie etwas anderes trank als Wasser. »Schämt ihr euch nicht«, sagte er voller Zorn zu den Buben, und vor seiner Stimme und seiner imponierenden Art liefen im Augenblick alle die Kleinen davon, beschämt und bange vor dem großen Gaos. Gaud, welche eben von Paimpol zurückkam mit Arbeit für den Abend, hatte das von Weitem gesehen und ihre Großmutter in dem Zusammenlauf erkannt. Erschrocken kam sie gerannt, um zu wissen, was es sei, was ihr fehle, was man ihr habe tun können, – und begriff alles, wie sie ihre getötete Katze sah. Sie hob die klaren Augen zu Yann empor, der die seinigen nicht abwandte; sie dachten diesmal nicht daran, einander zu fliehen; sie waren nur beide sehr errötet, er so geschwind wie sie, mit dem nämlichen Aufsteigen des Blutes in ihre Wangen, und sie sahen sich an, etwas verwirrt, sich so nah zu finden; aber ohne Hass, fast mit Sanftmut, da gemeinschaftliches Gefühl des Mitleids und der Wunsch zu helfen sie verband.

Schon seit lange hatten die Schulkinder einen Hass auf ihn geworfen, auf diesen armen verblichenen Kater, weil er ein schwarzes Gesicht hatte und ein teuflisches Aussehen. Aber es war ein sehr guter Kater, und wenn man ihn in der Nähe betrachtete, fand man im Gegenteil, dass er sanft und zärtlich war. Sie hatten ihn mit Kieselsteinen umgebracht, und ein Auge hing ihm heraus.

Die arme Alte, immer noch Drohungen vor sich hinbrummend, ging ganz erschüttert, ganz wackelig dahin, die tote Katze wie ein Kaninchen am Schwanze forttragend.

»Armer Junge, mein armer Junge, wenn der noch auf der Welt wäre, so hätte man nicht gewagt, mir das zu tun, nein, gewiss nicht!«

Es kamen ihr einzelne Tränen, die durch ihre Runzeln liefen, und ihre Hände mit den dicken blauen Adern zitterten. Gaud hatte ihr die Haube wieder gerade gerückt, und versuchte sie mit sanften Worten zu trösten wie ein kleines Kind, und Yann war empört. War es möglich, dass Kinder so böse wären, so etwas einer armen alten Frau zu tun? Beinahe kamen auch ihm die Tränen. – Natürlich nicht um diesen Kater: junge Männer, die rauh, wie er, wenn sie auch gerne mit Tieren spielen, haben doch selten besonderes Mitgefühl für dieselben. Aber das Herz wollte ihm springen, wie er da hinter der kindischen Großmutter herging, die ihre Katze am Schwanze forttrug. Er dachte an Sylvester, der sie so geliebt hatte, an seinen grässlichen Schmerz, wenn man ihm vorhergesagt hätte, dass sie so endigen würde in Spott und Elend. Und Gaud entschuldigte sich, als wenn sie für ihr anständiges Erscheinen verantwortlich wäre: »Sie muss wohl gefallen sein, um so schmutzig zu sein«, sagte sie ganz leise; »ihr Kleid ist nicht sehr neu, das ist wahr, denn wir sind nicht reich, Herr Yann; aber ich hatte es noch gestern gestickt, und ich bin sicher, dass es reinlich und ordentlich war, als ich heute Morgen fortging.« Da sah er sie lange an, viel gerührter durch diese kleine einfache Erklärung, als er es vielleicht durch gewandte Phrasen, Vorwürfe oder Tränen gewesen wäre. Sie gingen noch immer neben einander her und näherten sich der Hütte der Moan. – Hübsch war sie ja immer gewesen, wie Keine, das wusste er sehr wohl, aber es kam ihm so vor, als sei sie es noch viel mehr seit ihrer Armut und ihrer Trauer. Sie sah ernster aus, die flachsgrauen Augen hatten etwas Zurückhaltenderes und schienen einen trotzdem viel mehr zu durchdringen, bis in den Grund der Seele. Ihre Gestalt hatte sich nun auch völlig entwickelt; bald dreiundzwanzig Jahre alt, war ihre Schönheit in voller Entfaltung, und jetzt sah sie auch aus wie eine Fischertochter, im schwarzen Kleide und in der ganz glatten Haube; ihr vornehmes Wesen, man wusste nicht, woher sie es hatte; es war etwas in ihr Verborgenes und Unwillkürliches, das man ihr nicht mehr zum Vorwurf machen konnte; vielleicht war es nur ihr Kleid, das knapper saß, als das der anderen, aus alter Gewohnheit, und das etwas mehr die runde Brust und die Oberarme hob ... aber nein, es wohnte eher in ihrer ruhigen Stimme und in ihrem Blick.

17.

Und wirklich, er begleitete sie – bis zu ihrem Hause wahrscheinlich –, da gingen sie hin, alle Drei, wie zum Begräbnis der Katze, und es wurde jetzt beinahe ein wenig komisch, sie so im Zuge gehen zu sehen. Auf den Türschwellen standen gute Leute und lächelten; die alte Yvonne in der Mitte trug das Tier, Gaud zu ihrer Rechten, verwirrt und noch immer sehr rosig; der große Yann zu ihrer Linken, mit erhobenem Kopfe und nachdenklich. Übrigens hatte die arme Alte sich fast plötzlich beruhigt auf dem Wege. Von selbst hatte sie die Haare geordnet, und ohne noch etwas zu sagen, fing sie an, sie abwechselnd von der Seite zu beobachten, die eine und den anderen, mit Augen, die auf einmal wieder klar geworden waren. Gaud sprach auch nicht, aus Furcht, Yann Gelegenheit zu geben, sich zu empfehlen; sie wäre gern unter dem Eindruck dieses guten, sanften Blickes geblieben, den sie von ihm bekommen; sie hätte mögen mit geschlossenen Augen gehen, um nichts anderes mehr zu sehen, lange so an seiner Seite gehen, im Traum, den sie träumte, anstatt so rasch vor ihrem leeren und düsteren Hause anzulangen, wo alles in nichts zerfließen würde. An der Türe gab es einen dieser Augenblicke der Unentschiedenheit, während der das Herz stille zu stehen scheint. Die Großmutter trat ein, ohne sich umzusehen, dann Gaud zögernd, und Yann, hinter ihnen, trat auch hinein ... Er war bei ihnen, – zum ersten Male in seinem Leben, wahrscheinlich absichtslos – was konnte er wollen? Indem er über die Schwelle trat, hatte er seinen Hut berührt, und dann, wie seine Augen zuerst auf das Totenkränzchen von schwarzen Perlen fielen, hatte er sich Sylvesters Bild langsam genähert, wie einem Grabe.

Gaud war stehen geblieben, mit den Händen auf ihren Tisch gestützt. Er sah jetzt ringsum, und sie folgte seinem Blick, der schweigend ihre Armut überschaute. Sehr arm, allerdings, trotz ihrer Ordnung und Anständigkeit, war die Wohnung der beiden Verlassenen, die sich vereinigt hatten. Vielleicht würde er doch ein gutmütiges Mitleid für sie fühlen, wenn er sie so herabgestiegen sah, in dies Elend versunken, zu dem rauhen Granit und dem Strohdach. Vom einstigen Reichtum war nichts mehr übrig, als das schöne weiße Fräuleinbett, und unwillkürlich schweiften Yanns Augen wieder hin.

Er sagte nichts ... Warum ging er nicht fort? ... Die alte Großmutter, die in ihren lichten Augenblicken noch so fein und schlau war, tat so, als bemerke sie ihn gar nicht. Also blieben sie vor einander stehen, stumm und ängstlich, und schauten sich endlich an, wie zu einer entscheidenden Frage.

Aber die Augenblicke vergingen, und bei jeder verrinnenden Sekunde schien das Schweigen zwischen ihnen starrer zu werden. Und sie sahen sich immer tiefer in die Augen, wie in der feierlichen Erwartung von etwas Unerhörtem, das zu kommen zögerte.

»Gaud«, fragte er mit leiser, tiefer Stimme, »wenn Sie immer noch wollen ...«

Was wollte er sagen? Man erriet einen großen Entschluss, plötzlich, wie die seinen immer waren, rasch gefasst, ohne dass er es wagte, ihn bestimmt auszudrücken.

»Wenn Sie immer noch wollen ... Der Verdienst war gut in diesem Jahre, und ich habe ein wenig Geld vor mir ...«

Ob sie noch immer wollte? ... Was frug er sie denn? Hatte sie recht gehört? Sie stand vernichtet vor der Größe dessen, was sie zu verstehen glaubte.

Und die alte Yvonne dort in ihrer Ecke spitzte die Ohren: denn sie fühlte das Glück herankommen ...

»Wir könnten uns heiraten, Fräulein Gaud, wenn Sie noch immer wollten ...«

Und dann wartete er auf ihre Antwort, die nicht kam ... Was mochte sie denn verhindern, das Ja auszusprechen? Er wunderte sich, ihm wurde es bange, und sie merkte es wohl. Mit beiden Händen auf den Tisch gestützt, ganz weiß geworden, mit Augen, die sich verschleierten, stand sie sprachlos da und sah aus wie eine sehr schöne Sterbende.

»Nun, Gaud, so antworte doch!« sagte die alte Großmutter, die aufgestanden war und sich ihnen näherte. »Sehen Sie, es überrascht sie, Herr Yann; Sie müssen's entschuldigen; sie wird sich besinnen und Ihnen gleich antworten ... Setzen Sie sich, Herr Yann, und nehmen Sie ein Glas Apfelwein mit uns.«

Aber nein, Gaud konnte nicht antworten, kein Wort wollte mehr kommen in ihrer Seligkeit ... also war es doch wahr, dass er gut sei, dass er ein Herz hatte. Da fand sie ihn wieder, ihren wirklichen Yann, so wie sie nie aufgehört hatte, ihn in sich zu sehen, trotz seiner Härte, trotz seiner wilden Weigerung, trotz allem! Er hatte sie lange verschmäht, heute nahm er sie, – und heute war sie arm; das war wohl seine besondere Neigung, er hatte irgend einen Grund gehabt, den sie später erführen würde; in diesem Augenblick dachte sie gar nicht daran, ihn zur Rechenschaft zu ziehen, so wenig, wie ihm all' den Kummer dieser zwei Jahre vorzuwerfen ... Das alles war übrigens auch so völlig vergessen, in einer Sekunde so weit, weit weggefegt durch den entzückenden Wirbelwind, der eben über ihr Leben strich! ... Immer noch stumm, sagte sie ihm ihre ganze Anbetung nur mit den schwimmenden Augen, die ihn bis in die tiefste Tiefe anblickten, während ein schwerer Tränenregen ihr über die Wangen zu rieseln begann.

»Nun, und Gott segne Euch, meine Kinder!« sagte die Großmutter Moan. »Und ich bin ihm viel großen Dank schuldig; denn ich bin doch froh, so alt geworden zu sein, um das zu sehen, bevor ich sterbe.«

Sie standen noch immer voreinander, sich bei den Händen haltend und keine Worte findend, zu einander zu reden; denn sie kannten kein Wort, das süß genug wäre, keinen Satz, der das aussprach, was sie meinten, keinen, der ihnen würdig schien, das köstliche Schweigen zu brechen.

»So küsst Euch doch wenigstens, Kinder! … Aber sie sagen ja gar nichts! … Herr, mein Gott! was für komische Enkel habe ich da! Aber, Gaud, so sage ihm doch etwas, Kind … Zu meiner Zeit ist mir's, als hätte man sich geküsst, wenn man sich versprochen …«

Yann nahm den Hut ab, als wäre er plötzlich von einer großen, ungekannten Ehrfurcht befallen, bevor er sich neigte, um Gaud zu küssen, – und ihm war es, als sei dies der erste wirkliche Kuss, den er in seinem Leben gegeben.

Sie küsste ihn auch, ihre frischen unentweihten Lippen mit ganzem Herzen auf die vom Meere vergoldete Wange ihres Bräutigams drückend. Zwischen den Steinen der Mauer besang die Grille ihr Glück; diesmal, zufällig, hatte sie recht geraten.

Und der arme kleine Sylvester sah aus, als lächle er ihnen zu aus seinem schwarzen Kranze. Und alles schien auf einmal belebt und vergnügt in der toten Hütte. Die Stille hatte sich mit niegehörter Musik erfüllt; sogar die bleiche Winterdämmerung, die durch das Fensterchen hereinkam, war zu einem schönen, zauberhaften Schein geworden …

»Also, bei der Heimkehr aus Island wird Hochzeit sein, meine guten Kinder?«

Gaud neigte den Kopf. Island, die Leopoldine – wirklich, sie hatte all' die Schrecken vergessen, die sich auf dem Wege entgegenstellten. – Bei der Heimkehr aus Island! wie das lange sein würde, noch ein ganzer Sommer banger Erwartung!

Und Yann schlug mit der Fußspitze einen raschen kleinen Wirbel; denn auch er hatte es mit einem Mal sehr eilig; er zählte ganz schnell für sich, um zu sehen, ob, wenn man sich recht eilte, man nicht Zeit haben würde, sich vor der Abfahrt zu heiraten: so viel Tage, um die Papiere zusammenzubringen, so viel Tage zum Aufgebot in der Kirche; ja, das reichte nicht über den 20ten oder 25ten für die Hochzeit, und wenn nichts dazwischenkam, so hatte man hernach noch eine ganze große Woche, um beisammenzubleiben.

»Ich will jedenfalls einmal gehen, es dem Vater anzeigen«, sagte er mit solcher Hast, als wären jetzt die Minuten ihres Lebens abgezählt und kostbar.

Vierter Teil

1.

Liebende pflegen stets sehr gern miteinander auf den Bänken vor den Türen zu sitzen, bei sinkender Nacht.

Yann und Gaud trieben das auch so. Jeden Abend saßen sie an der Türe vor der Moan'schen Hütte auf der alten Granitbank und machten einander den Hof.

Andere haben den Frühling, den Schatten der Bäume, milde Abende, blühende Rosen. Sie hatten nichts als Februardämmerungen, die auf Seegestade mit lauter Ginsterbüschen und Steinen niedersanken. Kein grüner Zweig, weder ihnen zu Häupten, noch rings umher; nichts als der ungeheure Himmel, an dem langsam schweifende Nebel hinzogen. Und statt Blumen brauner Seetang, den die Fischer, vom Strande heraufkommend, in ihren Netzen auf den Pfaden nachgezogen.

Die Winter sind nicht strenge in dieser Region, die milde wird durch die Meeresströmungen; aber dennoch brachte die Dämmerung oft eiskalte Feuchtigkeit und unsichtbaren, feinen Regen, der sich ihnen auf die Schultern legte. Sie blieben trotzdem und fühlten sich da sehr behaglich. Und diese Bank, die mehr als ein Jahrhundert alt war, wunderte sich nicht über ihre Liebe; sie hatte schon so manche gesehen; sie hatte sie oft gehört, die süßen Worte, immer dieselben, die aus dem Munde junger Leute quellen, und sie war auch daran gewöhnt, die Verliebten später wiederkommen zu sehen, wie sie sich als wackelköpfige alte Männer und zitternde alte Frauen an dieselbe Stelle setzten, – dann aber bei hellem Tage, um noch ein wenig Luft zu atmen und sich an ihrer letzten Sonne zu erwärmen.

Von Zeit zu Zeit steckte die Großmutter Yvonne den Kopf durch die Türe, um sie anzusehen. Nicht als wäre sie besorgt gewesen, was sie wohl zusammen trieben, sondern nur aus Liebe, um die Freude zu haben, sie zu sehen und sie hereinzunötigen. Sie sagte:

»Ihr werdet frieren, meine guten Kinder! Ihr werdet was Schlimmes erwischen! Mein Gott! Mein Gott! so spät draußen bleiben, ich möchte bloß wissen, ob das Sinn und Verstand hat?«

Kalt? War ihnen kalt, den beiden? Fühlten sie überhaupt irgend etwas als das Glück, eines beim andern zu sein?

Die Leute, die auf dem Wege Abends vorübergingen, hörten das leise Murmeln ihrer Stimmen sich mit dem Rauschen am Meere drunten, am Fuß der Klippen, vereinigen. Es war eine sehr harmonische Musik: Gauds frische Stimme wechselte mit der von Yann ab, die sanfte, vollklingende, liebkosende Tieftöne hatte. Man konnte auch ihre beiden Umrisse unterscheiden, die von der Granitmauer abstachen, an der sie lehnten: zuerst Gauds weiße Haube, dann ihre schlanke Gestalt im schwarzen Kleide und neben ihr die breiten Schultern ihres Freundes. Über ihnen die bucklige Wölbung ihres Strohdachs und hinter dem allen die dämmernde Unendlichkeit, die farblose Leere der Wasser und des Himmels.

Endlich kamen sie doch herein, sich an den Kamin zu setzen, und die alte Yvonne, die sofort mit nickendem Kopfe entschlummerte, störte nicht gar sehr die beiden jungen Liebenden. Sie begannen gleich wieder, leise weiterzusprechen, da sie zwei Jahre Schweigen einzubringen hatten, und da sie sich sehr mit dem Hofmachen eilen mussten, das nur so kurz dauern sollte.

Es war ausgemacht, dass sie bei der Großmutter Yvonne wohnen würden, die ihnen ihre Hütte vermachte; für den Augenblick machten sie noch gar keine Verbesserungen, weil keine Zeit dazu war, und verschoben auf die Rückkehr aus Island ihre Verschönerungspläne für das arme, gar zu öde Nestchen.

2.

... Eines Abends unterhielt er sie damit, ihr hundert kleine Dinge zu erzählen, die sie getan hatte oder die ihr zugestoßen waren seit ihrer ersten Begegnung; er nannte ihr sogar die Kleider, die sie getragen, zählte die Feste auf, zu denen sie gegangen.

Sie hörte ihn mit äußerster Verwunderung an. Wie wusste er denn das alles? Wer hätte sich einbilden können, dass er darauf Acht gegeben und dass er im Stande wäre, es zu behalten? –

Er lächelte, tat geheimnisvoll und erzählte noch andere kleine Einzelheiten, sogar von Dingen, die ihr schon beinahe entfallen waren. Ohne ihn mehr zu unterbrechen, hörte sie ihn nun an, in einem unerwarteten Entzücken, das sie ganz und gar hinnahm; sie fing an, zu erraten, zu verstehen: also hatte auch er sie geliebt, die ganze Zeit! ... Sie hatte ihn fortwährend beschäftigt, und jetzt gestand er es freimütig ein! ...

Aber dann, was war's denn, mein Gott? warum hatte er sie so lange zurückgestoßen, sie so viel leiden machen?

Immer dies Geheimnis, das er ihr zu enträtseln versprochen, aber dessen Erklärung er beständig hinausschob, mit einem Anschein von Verlegenheit und einem unverständlichen Lächeln ...

3.

Eines schönen Tages gingen sie nach Paimpol, mit der Großmutter Yvonne, um das Hochzeitskleid zu kaufen. Unter den schönen, früheren Fräuleinanzügen gab es wohl welche, die man sehr gut für die Gelegenheit hätte herrichten können, ohne dass man etwas zu kaufen brauchte. Aber Yann hatte ihr das Geschenk machen wollen, und sie hatte sich nicht allzu sehr gewehrt; ein Kleid von ihm zu haben, aus dem Erlös seiner Arbeit und seines Fischens gekauft, das war ihr, als machte es sie schon ein wenig zu seiner Gattin.

Sie wählten ein schwarzes Kleid, da Gaud die Trauer für ihren Vater noch nicht beendet. Aber Yann fand nichts schön genug von den Stoffen, die man vor ihnen ausbreitete. Er war ein wenig hochmütig, den Kaufleuten gegenüber, und er, der früher um nichts in der Welt in einen Laden von Paimpol eingetreten wäre, bekümmerte sich an diesem Tage um alles, sogar um den Schnitt dieses Kleides, und wollte, dass man breite Sammetstreifen darauf anbrächte, um es schöner zu machen.

4.

Als sie wieder an einem Abende auf ihrer Steinbank saßen, in der Einsamkeit ihrer Klippe und der einbrechenden Nacht, fiel zufällig ihr Blick auf einen Dornenstrauch – den einzigen in der Umgegend –, der zwischen den Felsen am Wegrain wuchs. In der halben Dunkelheit glaubten sie an dem Strauche kleine weiße Büschel zu erkennen.

»Man meint, er blühe!« sagte Yann. Und sie näherten sich ihm, um sich zu vergewissern. Er war ganz in Blüte. Da sie nicht mehr genau sehen konnten, so berührten sie ihn, sich mit den Fingern von der Gegenwart der Blümchen überzeugend, die ganz nebelfeucht waren. Da kam ihnen das erste, flüchtige Frühlingsgefühl; zugleich bemerkten sie, dass die Tage länger geworden, dass eine große Lauheit in der Luft war und die Nächte leuchtender.

Aber wie war der Strauch vorgeschritten! Nirgends in der Gegend, und an keinem Wegrande hätte man irgend einen ähnlichen gefunden. Sicher war er dort für sie allein erblüht, zu ihrer Liebesfeier.

»O! da wollen wir pflücken!« sagte Yann. Und, beinahe tastend, machte er mit seinen derben Händen ein Bouquet; mit seinem großen Fischermesser, das er im Gürtel trug, entfernte er sorgsam die Dornen und steckte es Gaud ins Kleid:

»Da, wie eine Braut!« sagte er zurücktretend, als wollte er, trotz der Nacht, sehen, ob es ihr stünde.

Unter ihnen brach sich die stille See leise und schwach an den Strandsteinen, mit einem kleinen regelmäßig absetzenden Rauschen, wie das Atmen im Schlafe; sie schien gleichgültig, oder diesem Liebeshandel in ihrer Nähe sogar günstig.

Die Tage wurden ihnen lang in Erwartung der Abende, und dann, wenn sie sich mit dem Schlage zehn Uhr verließen, wurden sie von einer kleinen Lebensmüdigkeit ergriffen, weil es schon vorbei war ...

Es hieß sich beeilen mit den Papieren, mit allem, aus Furcht nicht fertig zu sein und das Glück, das vor einem lag, entfliehen zu lassen, bis zum Herbste, bis in die ungewisse Zukunft ...

Ihr Brautstand im Abenddämmern, an dem traurigen Ort, bei fast beständigem Meerestosen und mit der fieberhaften Sorge ob dem Dahineilen der Zeit bekam davon einen ganz eigentümlichen, fast düsteren Anstrich. Sie waren ein von andern verschiedenes Liebespaar, ernster, banger in ihrer Liebe.

Er wollte noch immer nicht sagen, was er wahrend der zwei Jahre gegen sie gehabt, und wenn er Abends wieder fort war, quälte Gaud das Geheimnis. Doch hatte er sie lieb, dessen war sie gewiss.

Er hatte sie wirklich schon immer lieb gehabt, aber nicht so wie jetzt: es nahm zu in seinem Herzen, in seinem Kopf, wie die Flut, die steigt und immer noch steigt, bis sie alles füllt. Er hatte diese Art zu lieben noch nie gekannt.

Manchmal streckte er sich auf die Steinbank hin und legte seinen Kopf Gaud in den Schoß, in kindlicher Zärtlichkeit, um sich streicheln zu lassen, dann richtete er sich schnell wieder auf aus Anstand. Er hätte sich am liebsten auf die Erde zu ihren Füßen gelegt, die Stirne an den Saum ihres Kleides gedrückt. Außer dem brüderlichen Kuss beim Kommen und Gehen wagte er nicht, sie zu küssen. Er verehrte Gott weiß welches Unsichtbare in ihr, das ihre Seele war und das sich ihm in dem reinen, ruhigen Klang ihrer Stimme, in ihrem Ausdruck, wenn sie lächelte, in ihrem schönen hellen Blick offenbarte. Und zu denken, dass es doch ein Weib von Fleisch und Blut war, schöner, begehrenswerter als irgend eine andere, dass sie ihm bald ganz gehören würde, ohne darum aufzuhören, *sie selbst* zu sein! … Dieser Gedanke machte ihn erschauern bis ins tiefste Mark; er konnte es nicht im Voraus erfassen, was ein solcher Rausch sein würde. Aber er verwehrte seinem Denken, dabei zu verweilen, aus Ehrfurcht, und frug sich, ob er es wohl wagen würde, diese süßeste Entweihung zu begehen.

5.

An einem Regenabende saßen sie dicht bei einander am Kamin, und die Großmutter Yvonne schlummerte ihnen gegenüber. Die Flamme, die über die Reiser im Herde hintanzte, ließ ihre Schatten vergrößert über die Zimmerdecke wandern.

Sie sprachen ganz leise zusammen, wie das Liebende tun. Aber an dem Abend entstanden lange, verlegene Pausen in ihrem Geplauder. Er besonders sagte fast nichts, und mit einem halben Lächeln den Kopf neigend, suchte er sich Gauds Blicken zu entziehen.

Sie hatte ihn nämlich den ganzen Abend mit Fragen gedrängt, wegen dieses Geheimnisses, das man ihm nicht entreißen konnte, und diesmal sah er sich gefangen: sie war zu schlau und zu fest entschlossen, es zu erfahren, keine Ausflucht konnte ihn aus der Enge ziehen.

»Waren es böse Dinge, die man mir nachgesagt?« fragte sie. Er versuchte Ja zu antworten: Böse Dinge! o! man hatte viel Böses geredet in Paimpol und Bloubazlanec.

Sie fragte: »Was?« Da ward er verwirrt und wusste nichts zu sagen. Da sah sie wohl, dass es etwas anderes sein müsse.

»War es meine Kleidung, Yann?«

Freilich hatte auch die Kleidung dazu beigetragen: sie zog sich zu schön an, eine Zeit lang, um eines einfachen Fischers Frau zu werden. Aber zuletzt war er gezwungen, es einzugestehen, dass auch dies nicht alles sei. »War es, weil wir damals für reich galten und du Angst hattest vor einer Abweisung?«

»O nein, das nicht.«

Er gab diese Versicherung mit so naivem Selbstvertrauen, dass es Gaud belustigte. Und dann schwiegen sie wieder, während dessen man draußen das Stöhnen des Seewindes vernahm.

Während sie ihn aufmerksam beobachtete, stieg auch ihr allmählich ein Gedanke auf, der bald den Ausdruck ihres Gesichtes veränderte.

»Es war nichts von dem allen, Yann? Was dann?« sagte sie, ihm plötzlich in die Augen schauend, mit dem unwiderstehlichen, inquisitorischen Lächeln eines, der's erraten hat.

Und er drehte den Kopf weg und lachte nun wirklich. Also das war es, und sie hatte es gefunden: einen Grund konnte er ihr nicht angeben, weil keiner vorhanden war, weil es niemals einen gegeben. Nun ja, er hatte seinen Kopf aufgesetzt (wie Sylvester ehedem sagte), und das war alles.

Aber man hatte ihn auch mit dieser Gaud gequält! Jedermann hatte sich hinein gemischt. Seine Eltern, Sylvester, seine isländischen Kameraden und endlich Gaud selber. Da hatte er angefangen, Nein zu sagen, eigensinnig Nein, und behielt doch im Herzensgrunde den Gedanken, dass es eines Tages, wenn keiner mehr daran dächte, doch noch sicherlich Ja sein würde.

Und um dieser Kinderei ihres Yann willen hatte Gaud, zwei Jahre lang verlassen, sich verzehrt und hatte sterben wollen ...

Zuerst wollte Yann ein wenig lachen, vor Beschämung, entdeckt zu sein, dann aber sah er Gaud an mit treuen, ernsten Augen, die nun ihrerseits tief hinein fragten: Würde sie ihm wenigstens verzeihen? Er fühlte heute so große Reue, ihr weh getan zu haben, würde sie ihm verzeihen? ...

»So ist mein Charakter nun einmal, Gaud«, sagte er. »Zu Hause, bei meinen Eltern, ist's ebenso. Manchmal, wenn ich meinen dicken Kopf mache, dann bleibe ich acht Tage lang böse mit ihnen und rede mit keinem. Und doch habe ich sie lieb, wie du weißt, und zuletzt gehorche ich ihnen immer, in allem, was sie wollen, als wäre ich noch ein zehnjährig Kind … Wenn du glaubst, es wäre mir recht gewesen, mich nicht zu verheiraten! Nein, das hätte nicht mehr dauern können, Gaud, das kannst du mir glauben!«

O! und ob sie ihm verzieh! Sie fühlte ganz leise die Tränen kommen, und das war der letzte Rest ihres Kummers, der so davonging beim Geständnis ihres Yann. Übrigens wäre ohne all ihr vorheriges Leid die gegenwärtige Stunde nicht so köstlich gewesen; nun, da sie es überstanden, war es ihr fast lieber, diese Prüfungszeit durchgemacht zu haben.

Jetzt war alles klar zwischen ihnen beiden; auf eine unerwartete Weise, das ist wahr, aber völlig. Es war kein Schleier mehr zwischen ihren Seelen. Er zog sie an sich, in seine Arme, und da ihre Köpfe sich genähert, blieben sie lange so, die Wangen an einander gelehnt; sie brauchten sich nichts mehr zu erklären und hatten sich nichts mehr zu sagen. In diesem Augenblicke war ihre Umarmung so keusch, dass sie beim Erwachen der Großmutter so vor ihr verharrten, ohne jegliche Verwirrung.

6.

Noch sechs Tage bis zur Abreise nach Island. Ihr Hochzeitszug kam aus der Kirche von Ploubazlanec. Ein wütender Wind jagte ihm nach unter einem regenschweren, ganz schwarzen Himmel. Eines am Arme des andern, waren sie beide schön, wie die Könige einhergehend, an der Spitze ihres langen Gefolges wie im Traume wandelnd. Ruhig, gesammelt, ernst, schienen sie nichts zu sehen, die Welt zu beherrschen, über allem zu stehen. Sie schienen sogar dem Winde Ehrfurcht einzuflößen, während der Zug hinter ihnen eine fröhliche Unordnung von lachenden Paaren bildete, die die großen Windstöße von Westen plagten. Viele Junge, bei denen die Lebenslust überquoll, andere, schon ergrauend, die aber noch lächelten, ihres Hochzeitstages und ihrer ersten Jahre gedenkend.

Die Großmutter Yvonne war auch dabei und folgte, sehr zerzaust aber beinahe glücklich, am Arme eines alten Onkels von Yann, der ihr altmodische Artigkeiten sagte. Sie trug eine schöne neue Haube, die man ihr für die Gelegenheit gekauft, und ihr kleines Tuch, das nun zum dritten Male gefärbt worden war – diesmal schwarz, wegen Sylvester.

Und der Wind schüttelte ohne Unterschied alle die Geladenen; man sah gehobene Röcke und umgedrehte Kleider, Hüte und Hauben, die davonflogen.

An der Kirchentüre hatte sich das Brautpaar, der Sitte gemäß, Sträuße aus gemachten Blumen gekauft, um ihren Festanzug zu vervollständigen. Yann hatte den seinigen, wie es gerade kam, auf seine breite Brust befestigt; aber er gehörte zu denen, welchen alles steht, während sich bei Gaud noch einmal das Fräulein verriet in der Art, wie sie sich die armen, groben Blumen ganz oben ans Kleid gesteckt, welches, wie früher, sehr glatt saß auf ihrer herrlichen Gestalt.

Der Geigenspieler, der sie alle anführte, spielte, durch den Wind ganz närrisch gemacht, wie toll; seine Melodien gelangten stoßweise zum Gehör, und im Tosen der Windsbraut schien es eine kleine drollige Musik, dünner als Möwengeschrei.

148

Ganz Bloubazlanec war herausgekommen, um sie zu sehen. Diese Hochzeit hatte etwas, das die Leute begeisterte, und man war von weit in der Runde erschienen; bei den Kreuzwegen harrten Gruppen, die sie erwarteten. Fast alle »Isländer« aus Paimpol, die Freunde Yanns, waren so aufgepflanzt. Sie grüßten das Brautpaar beim Vorüberschreiten; Gaud dankte, indem sie sich leicht wie ein Fräulein verneigte, mit ernster Grazie, und auf dem ganzen Wege wurde sie bewundert.

Und die Dörfer ringsum, die verlorensten, die schwärzesten, selbst die der Wälder, hatten all' ihre Bettler, Krüppel, Verrückten und Idioten mit Krücken entsendet. All' dieses Volk hatte sich staffelförmig auf den Wegen aufgestellt mit Musikinstrumenten, Harmoniken und Leiern; sie streckten ihre Hände, ihre Teller und Hüte entgegen, um die Almosen zu empfangen, die ihnen Yann mit edler Vornehmheit und Gaud mit dem Lächeln einer Königin hinwarf. Es gab Bettler unter ihnen, die sehr alt waren und hatten graue Haare auf den hohlen Köpfen, die nie etwas enthalten; in den Höhlungen am Wege hockend, waren sie von der Farbe der Erde, aus der sie nur unvollständig herausgeschält erschienen, in die sie bald wieder versinken würden, ohne Gedanken gehabt zu haben; ihre irren Augen waren beunruhigend, wie das Geheimnis ihres fehlgeborenen, unnützen Daseins. Ohne zu verstehen, sahen sie dieses Fest vollsten herrlichsten Lebens vorüberziehen ...

Man wanderte über den Weiler von Pors-Even und das Haus der Gaos hinaus. Es war, um sich, wie es die hergebrachte Sitte von Ploubazlanec verlangt, nach der Dreieinigkeitskapelle zu begeben, welche gleichsam am Ende der bretonischen Welt steht.

Am Fuße der letzten und äußersten Klippe ruht sie auf einer Schwelle von niedrigen Felsen, ganz dicht an den Wassern und scheint schon zum Meere zu gehören. Um zu ihr hinab zu gelangen, schlägt man einen Ziegenpfad ein, zwischen Granitblöcken. Und der Hochzeitszug ergoss sich über den einsamen Felsenhang, zwischen die Steine, und die lustigen oder artigen Worte verloren sich vollständig im Dröhnen von Wind und Wogen.

Es war unmöglich, bei diesem Wetter die Kapelle zu erreichen; der Weg war nicht sicher; die See donnerte zu nahe mit ihren großen Schlägen heran. Man sah ihre weißen Garben hoch aufsprühen und beim Zurückfallen zerstäuben, um alles zu überschwemmen. Yann, der sich am weitesten vorgewagt, mit Gaud am Arme, war der Erste, der sich vor der Brandung zurückzog. Hinter ihm blieb sein Gefolge amphitheatralisch auf den Felsen aufgestellt, und er schien dahingekommen, um seine Frau der See vorzustellen; aber diese machte der Neuvermählten ein böses Gesicht.

Wie er sich umdrehte, sah er den Geigenspieler, der auf einem grauen Felsen schwebte, zwischen zwei Windstößen versuchen, seine Quadrille wieder anzustimmen.

»Gib deine Musik daran, mein Freund«, sagte Yann; »die See spielt uns eine andere auf, die flotter, besser geht, als die deine.«

Zugleich begann ein heftiger, peitschender Regen, der schon seit dem Morgen gedroht. Da war es ein tolles Auseinanderstieben, unter Geschrei und Gelächter, ein Erklettern der hohen Klippe, um sich zu den Gaos zu retten.

7.

Der Hochzeitsschmaus wurde bei Yanns Eltern gehalten, wegen Gauds Wohnung, die doch gar zu ärmlich dazu war. Droben, in dem großen neuen Zimmer war es, eine Tafelrunde von 25 Personen, um das junge Paar; Schwestern und Brüder; Vetter Gaos, der Lotse; Guermeur, Keraes, Yvon Duff, alle die von der alten Marie, die jetzt zu der Leopoldine gehörten; vier sehr hübsche Brautjungfern, mit den Flechten über den Ohren in Schnecken gelegt, wie sie früher die Kaiserinnen von Byzanz trugen, und ihren weißen neumodischen Hauben in der Form von Seemuscheln; vier Brautführer, lauter Isländer, schön gewachsene Burschen mit stolzen Augen.

Und drunten aß man und kochte man auch, das versteht sich; der ganze Schweif des Brautzuges hatte sich dort hineingezwängt, und Taglöhnerinnen, die aus Paimpol gemietet waren, verloren den Kopf vor dem großen Herde, der mit Kesseln und Kasserolen überfüllt war.

Yanns Eltern hätten freilich ihrem Sohne eine reichere Frau gewünscht; aber Gaud war jetzt als braves und mutiges Mädchen bekannt; und in Ermangelung des verlorenen Vermögens war sie die Schönste im ganzen Lande, und da schmeichelte es den Alten, die beiden so gut zusammen passen zu sehen. Der Vater, der nach der Suppe fröhlich wurde, sagte von dieser Hochzeit:

»Das wird noch mehr Gaos machen, an denen doch in Ploubazlanec kein Mangel war.«

Und an seinen Fingern herzählend, erklärte er einem Onkel der Braut, warum's so viele des Namens gäbe: Sein Vater, der der jüngste von neun Kindern war, hatte zwölf Kinder, alle mit Basen verheiratet, und da gab's dann Gaos die Menge, trotz der in Island Verschwundenen! ...

»Ich, meines Teils, habe auch eine Gaos geheiratet, eine Verwandte, und wir hatten wieder vierzehn, wir beide!«

Und bei den Gedanken an diese Völkerschaft freute er sich, seinen weißen Kopf schüttelnd.

Ei ja, er hatte wohl Mühe gehabt, sie zu erziehen, seine vierzehn kleinen Gaos; aber jetzt konnten sie sich schon helfen, und dann die 10 000 Franken vom Wrack, die sie aus aller Not gebracht.

Auch heiter werdend, erzählte Guermeur die Streiche, die er in seinen Dienstjahren gespielt, Geschichten von den Chinesen, den Antillen, aus Brasilien, so dass die Jungen, die bald dorthin sollten, ihre Augen aufrissen.

Eine seiner besten Erinnerungen war an Bord der Iphigenie; man füllte gerade die Weinkammern, Abends in der Dämmerung, und der Lederschlauch, durch den der hinunterfloss, war geplatzt. Da hatte man, anstatt es zu melden, angefangen zu trinken, bis zum Umsinken; das hatte zwei Stunden gedauert, dieses Fest; zuletzt floss die Batterie davon über: Alles war betrunken!

Und die alten Seeleute am Tisch lachten mit ihrem gutmütig-kindlichen Lachen und mit einem Anflug von Schelmerei.

»Mein schreit gegen den Dienst«, sagten sie, »aber doch nur da kann man solche schöne Streiche spielen!«

Draußen wurde das Wetter nicht schöner, im Gegenteil; Wind und Regen tobten in dichter Nacht. Trotz aller Vorsichtsmaßregeln ängstigten sich einige wegen ihres Schiffes oder ihres Kahnes, die im Hafen geankert waren, und sprachen davon, sich zu erheben, um nachsehen zu gehen.

Aber ein anderer Lärm, der viel lustiger anzuhören war, kam von drunten, wo die Jüngsten von der Hochzeit miteinander zur Nacht aßen; es waren Jubelrufe und Gelächter von kleinen Vettern und Basen, welche anfingen, sich vom Apfelwein sehr angeheitert zu fühlen.

Man hatte gekochtes und gebratenes Fleisch, mehrere Fischsorten, Pfannkuchen und Krapfen aufgetragen. Man hatte von Fischfang und Schmuggel gesprochen, alle Arten diskutiert, wie man die Herren Zollbeamten drankriegt, die, wie man weiß, die Feinde der Seeleute sind.

Droben, am Ehrentisch, begann man sogar, pikante Abenteuer zu erzählen. Das war ein Kreuzfeuer unter den Bretonen, die alle zu ihrer Zeit die See durchrollt hatten.

»In Hong-Kong, die Häuser, du weißt wohl, *die Häuser*, die dort sind, wenn man die Gässchen hinaufsteigt.« ...

»O ja!« sagte ein anderer am Ende des Tisches, der sie wohl oft besucht, »ja, wenn man sich rechts hält, beim Ankommen.«

»Nun ja, eben, bei den chinesischen Damen, was! Da hatten wir gehaust, wir Drei, zusammen, – garstige Weiber, Jesses, aber garstig!«

»O garstig, das glaub' ich!« sagte Yann nachlässig, der auch, in einem Augenblick der Verirrung nach einer langen Überfahrt, diese Chinesinnen kennen gelernt hatte.

»Nachher, als es zum Zahlen ging, wer hatte dann noch Piaster? Man sucht, sucht in den Taschen, nicht ich, nicht du, nicht er, niemand hat mehr einen Heller! Wir entschuldigen uns und versprechen, wiederzukommen.« (Hier verzog er sein derbes Bronzegesicht, um das Zieren der erstaunten Chinesin darzustellen.) »Aber die misstrauische Alte fing an, zu maunzen, sich wie der Teufel zu gebärden, uns mit ihren gelben Pfoten zu kratzen.« (Jetzt äffte er jene Fistelstimme nach, schnitt Gesichter, um der Alten Wut darzustellen, und rollte die Augen, die er in den Ecken mit den Fingern heraufzog.) »Und da kommen die beiden Chinesen, – die beiden … du verstehst, die beiden Patrone der Bude, und machen die Klappe zu und wir sitzen drinnen! Selbstverständlich packt man sie beim Zopf, um sie tanzen zu lassen, mit dem Kopf wider die Wand. – Aber krach! da kriechen andere aus allen Löchern, wenigstens ein Dutzend, die die Ärmel aufschlagen, um über uns herzufallen, – aber doch etwas misstrauisch. Ich hatte mir gerade ein Packet Zuckerrohr gekauft, für die Reise, und das ist fest, das bricht nie, wenn's grün ist; da kannst du Dir denken, ob das nützlich war, um auf die Affengesichter zu klopfen …«

Nein, wahrhaftig, es blies zu stark; in dem Augenblick erzitterten die Scheiben unter einem furchtbaren Windstoß, und der Erzähler, plötzlich zum Schluss eilend, stand auf, nach seiner Barke zu sehen. Ein anderer sagte:

»Als ich Kanonier und Quartiermeister war, als Korporal auf der Zénobie, in Aden, sahe ich eines Tages die Straußfedernhändler an

Bord kommen.« (Den dortigen Akzent nachahmend.) »Guten Tag, Herr Korporal! Wir nicht Diebe, wir gute Kaufleute!«

Mit einer Schwenkung jage ich sie holterdiepolter hinunter: »Du, guter Kaufmann«, sag' ich, »bring' mir mal zuerst einen Strauß Federn zum Geschenk; hernach wird man sehen, ob man dich mit deinem Krame herauflässt. Und ich hätte mir viel Geld damit gemacht, bei der Heimkehr, wär' ich nicht so dumm gewesen! – Kummervoll: Aber weißt du, damals war ich jung … und in Toulon, da war eine Bekannte von mir, die im Putzfach arbeitete« …

O weh! Da wird einer von Yanns kleinen Brüdern, ein zukünftiger Isländer mit gutem, rosigem Gesicht und lebhaften Augen, mit einmal krank von zu viel Apfelwein.

Schnell muss man ihn forttragen, den kleinen Laumec, was der Erzählung von der Hinterlist seiner Modistin, um die Federn zu haben, den Faden abschneidet.

Der Wind heulte im Kamin wie eine arme Seele in der Verdammnis; von Zeit zu Zeit schüttelte er, mit beängstigender Gewalt, das Haus bis in seine Grundmauern.

»Man meint, es ärgert ihn, dass wir uns unterhalten«, sagte der Vetter Lotse.

»Nein, es ist die See, die nicht zufrieden ist«, sagte Yann, Gaud zulächelnd – »weil ich ihr die Ehe versprochen hatte.«

Über die beiden kam allmählich eine sonderbare Weichheit; sie sprachen leiser, Hand in Hand, ganz allein inmitten der Lustigkeit der andern.

Er, Yann, kannte die Wirkung des Weines auf die Sinne und trank den Abend gar nicht. Und nun wurde er rot, der große Bursch', wenn einer der isländischen Kameraden einen Matrosenscherz über die nächste Nacht machte.

Auf Augenblicke wurde er auch wieder traurig, indem er plötzlich an Sylvester dachte … Übrigens war es ausgemacht, dass man nicht tanzen würde wegen Gauds Vater und wegen ihm.

Man war beim Dessert. Bald sollten die Lieder beginnen. Aber vorher waren noch die Gebete zu sagen für die Verstorbenen der Familie; bei den Hochzeitsfesten versäumt man nie diese fromme Pflicht, und als man den Vater Gaos aufstehen und sein weißes Haupt entblößen sah, da ward eine Stille ringsum.

»Dies«, sagte er, »ist für Willem Gaos, meinen Vater.«

Und indem er sich bekreuzigte, begann er für diesen Toten das Gebet auf lateinisch:

»*Pater noster, qui es in coelis, sanctificetur nomen tuum …*«

Eine Stille wie in der Kirche hatte sich jetzt bis unten hin verbreitet, bis zur Tafelrunde der Kleinen. Alle, die im Hause waren, sagten im Geiste dieselben ewigen Worte nach.

»Dies ist für Yves und Jean Gaos, meine Brüder, die im isländischen Meer verloren … Dies für Pierre Gaos, meinen Sohn, untergegangen an Bord der Zélie« …

Als dann alle diese Gaos ihr Gebet hatten, wandte er sich zur Großmutter Yvonne:

»Und dies«, sagte er, »ist für Sylvester Moan.« Und er sagte noch eines her. Da weinte Yann.

»… *Sed libera nos a malo.* Amen.«

Hernach fingen die Lieder an; Lieder, die im Dienst gelernt worden waren, auf dem Vorderteil, wo es, wie man weiß, viele gute Sänger gibt.

Ein edles Corps, nicht weniger ist, das der Zouaven,
Aber die Tapfern bei uns
Spotten des Geschicks,
Hurrah! Hurrah! es lebe der echte Seemann! …

Die Strophen wurden von einem Brautführer schmachtend vorgetragen, dass es in die Seele drang, und dann wurde der Chor von schönen, tiefen Stimmen aufgenommen.

Aber die Neuvermählten hörten nur noch wie aus weiter Ferne; wenn sie sich anschauten, glänzten ihre Augen mit mattem Schimmer wie verschleierte Lampen; sie sprachen leiser und leiser und hielten sich immer bei der Hand, und Gaud neigte oft den Kopf, vor ihrem Herrn und Meister allmählich von größerer und süßerer Furcht befallen.

Jetzt machte der Vetter Lotse um den Tisch die Runde, um einen gewissen, eigenen Wein zu kredenzen; er hatte ihn mit großer Vorsicht hergetragen, die umgelegte Flasche streichelnd, die man nicht schütteln dürfe, wie er sagte.

Er erzählte ihre Geschichte: An einem Fischtage schwamm ein Stückfass ganz allein auf hoher See; unmöglich, es heim zu bringen, es war zu groß; da hatten sie's auf dem Meere angebohrt und alles gefüllt, was sie von Töpfen und Schöpfeimern an Bord hatten. Unmöglich, alles mitzunehmen. Man hatte den andern Lotsen und Fischern Zeichen gemacht; alle Segel in Sicht hatten sich um den Fund gesammelt.

»Und ich kenne mehr als einen, der besoffen war, bei der Einfahrt Abends nach Pors-Even.«

Der Wind fuhr fort mit seinem grässlichen Heulen. Die Kinder unten tanzten in die Runde; wohl waren einige zu Bett gelegt, ein paar ganz kleine Gaos; aber die andern machten Tollheiten, von dem kleinen Fantec und dem kleinen Laumec angeführt, wollten durchaus hinausspringen, und rissen alle paar Minuten die Tür' auf, so dass wütende Windstöße die Lichter verlöschten.

Der Vetter Lotse erzählte die Geschichte seines Weines fertig; er für sein Teil hatte 40 Flaschen bekommen; er bat sich aus, dass man nicht davon spreche, wegen des Herrn Commissarius der Marine-Inskription, der ihm eine Geschichte hätte anhängen können für dies nicht angezeigte Wrack.

»Aber freilich«, sagte er, »man hätte sie pflegen müssen, diese Flaschen; hätte man sie umfüllen und klären können, wäre es ein ganz außerordentlicher Wein geworden; denn es war sicher mehr Rebensaft drin als in allen Kellern der Weinhändler von Paimpol.«

Wer weiß, wo er gewachsen war, dieser gescheiterte Wein? Er war stark, schön gefärbt, sehr mit Seewasser gemengt und hatte einen scharfen Salzgehalt behalten: er wurde trotzdem sehr gut gefunden, und mehrere Flaschen wurden geleert. Die Köpfe drehten sich ein wenig, der Stimmenschall wurde wirrer, und die Burschen küssten die Mädchen.

Die Lieder gingen lustig fort; aber man hatte nicht viel Seelenruhe bei diesem Nachtessen. Die Männer wechselten ängstliche Zeichen, wegen des schlimmen Wetters, das stetig zunahm.

Draußen fuhr das unheimliche Getöse fort, stärker als je. Es wurde zu einem einzigen Schrei, dauernd, schwellend, drohend, wie von tausenden von wütenden Tieren zugleich aus voller Kehle mit gestrecktem Halse ausgestoßen.

Man glaubte auch große Seegeschütze in der Ferne ihre gewaltigen, dumpfen Schüsse abfeuern zu hören: das war aber die See, die von allen Seiten an das Land von Ploubazlanec anschlug; nein, sie schien in der Tat nicht zufrieden, und Gaud fühlte ihr Herz beklommen bei dieser Schreckensmusik, die niemand für ihr Hochzeitsfest bestellt hatte.

Gegen Mitternacht, während der Wind einen Augenblick nachließ, machte Yann, der leise aufgestanden, seiner Frau ein Zeichen, zu ihm zu kommen.

Es war, um nach Hause zu gehen … Sie errötete, von Scham befallen, verwirrt, aufgestanden zu sein … und dann meinte sie, wäre es unhöflich, so gleich fortzugehen, die andern zu verlassen …

»Nein«, sagte Yann, »der Vater hat's erlaubt, wir dürfen.« Und er zog sie fort.

Heimlich liefen sie davon.

Draußen waren sie in der Kälte, in dem drohenden Winde, in der tiefen, tosenden Nacht. Sie fingen an zu laufen, sich bei der

Hand haltend. Von dem Klippenwege herab erriet man, ohne sie zu sehen, die Fernen der wütenden See, aus der so viel Getöse aufstieg. Sie liefen beide, das Gesicht gepeitscht, mit vorgestrecktem Körper gegen die Windstöße, und mussten sich manchmal, mit der Hand vor dem Munde, umdrehen, um den Atem wiederzubekommen, den ihnen der Sturm abschnitt. Zuerst hob er sie ein wenig mit dem Arm um ihren Leib, damit ihr Kleid nicht schleifte, damit ihre schönen Schuhe nicht in all' das Wasser kämen, das auf dem Boden rieselte, und dann nahm er sie ganz in die Arme, die ihrigen um seinen Hals geschlungen, und lief noch schneller … Nein, er hatte nicht geglaubt, sie so zu lieben! Und zu denken, dass sie dreiundzwanzig Jahre zählte, er fast achtundzwanzig, und dass sie seit wenigstens zwei Jahren hätten verheiratet sein können, so glücklich wie an diesem Abend.

Endlich waren sie daheim, in ihrem armen Hüttchen, mit feuchtem Boden, unter ihrem Stroh- und Moosdach; sie zündeten ein Licht an, das ihnen der Wind zweimal ausblies.

Die alte Großmutter Moan, die man heimgebracht, bevor die Lieder begannen, war da, schon seit zwei Stunden zu Bett, in ihrem Schrank, dessen Flügel sie zugezogen hatte; sie näherten sich ehrfurchtsvoll und betrachteten sie durch den Türausschnitt, um ihr gute Nacht zu sagen, wenn sie zufällig noch nicht schliefe. Aber sie sahen, dass ihr ehrwürdiges Gesicht unbeweglich blieb und ihre Augen geschlossen; sie schlief oder tat, als schliefe sie, um sie nicht verlegen zu machen.

Da fühlten sie sich allein, die zwei. Sie zitterten beide und hielten sich die Hände. Er neigte sich zuerst zu ihr nieder, um ihren Mund zu küssen, sie aber drehte ihre Lippen weg in Unkenntnis dieses Kusses, und ebenso keusch als am Verlobungsabend, drückte sie sie auf Yanns Wange, die vom Winde kalt, ja ganz eisig war.

Sehr arm, sehr nieder war ihre Hütte, und es war sehr kalt darin. Ach, wenn Gaud reich geblieben wäre, wie früher, mit welcher

Freude hatte sie ein hübsches Zimmer bereitet, nicht wie dieses auf nackter Erde ... sie war noch immer nicht recht an die rohe Granitmauer gewöhnt und an das rohe Aussehen von allem; aber ihr Yann war da, bei ihr, und da wurde durch seine Gegenwart alles verklärt, verwandelt, sie sah nur noch ihn ...

Jetzt hatten sich die Lippen gefunden, und sie drehte die ihren nicht mehr weg. Noch immer stehend, die Arme verschlungen, um sich aneinanderzudrücken, blieben sie stumm in der Verzückung des einen Kusses, der kein Ende mehr nahm. Ihr rascher Atmen vermengte sich und sie zitterten beide stärker, wie bei heftigem Fieber. Sie schienen machtlos, die Umarmung aufzulösen, und nichts mehr zu kennen, nichts mehr zu wünschen, als diesen langen Kuss.

Endlich machte sie sich los, auf einmal ganz verwirrt. »Nein, Yann, Großmutter Yvonne könnte uns sehen!«

Aber mit einem Lächeln suchte er wieder die Lippen seiner Frau und nahm sie schnell wieder zwischen die seinen, wie ein Durstender, dem man seine Schale frischen Wassers genommen.

Ihre Bewegung hatte den Zauber dieses süßen Zauderns gebrochen. Yann, der sich im ersten Augenblick hingekniet hätte, wie vor die heilige Jungfrau, fühlte sich wieder mild werden und blickte scheu nach den alten Schrankbetten hin, verdrossen, so nahe bei der alten Großmutter zu sein, und suchte ein Mittel, unsichtbar zu werden. Immer ohne die süßen Lippen zu lassen, streckte er den Arm hinter sich, und mit dem Rücken der Hand löschte er das Licht, wie es der Wind getan. Dann nahm er sie rasch in die Arme; sowie er sie hielt, blieben ihre Lippen zusammen; er war wie ein wildes Tier, das die Zähne in seine Beute geschlagen.

Sie ergab sich mit Körper und Seele dieser gebieterischen Entführung, wo kein Widerstreben möglich war, und die doch so sanft blieb wie einhüllende Zärtlichkeit; in der Dunkelheit trug er sie zu dem schönen weißen, städtischen Bette, das ihr Brautbett werden sollte.

Um sie her, zu ihrem ersten Beilager spielte dasselbe unsichtbare Orchester noch immer.

Huhu! Huhu! Der Sturm kam zuweilen mit seinem ganzen hohlen Brausen, mit zitternder Wut; zuweilen wiederholte er seine Drohung leise ins Ohr, wie mit raffinierter Bosheit, mit kleinen, gezogenen Tönen, in der flötenden Stimme der Käuzchen.

Und das große Grab der Seeleute war da, ganz nahe, sich regend, verschlingend, mit den gleichen dumpfen Schlägen die Klippe stürmend. In der einen oder der anderen Nacht würde man da draußen sein müssen, sich mehren, inmitten der schwarzen, eisigen Dinge; – sie wussten es ...

Was tat's, für den Augenblick waren sie am Lande, im Schutz vor dieser unnützen Wut, die sich wider sich selber kehrte. Und in der armen, dunkeln Hütte, die der Wind durchfegte, gaben sie sich einer dem andern, an nichts, nicht einmal an den Tod denkend, berauscht, von dem ewigen Zauber der Liebe berückt.

8.

Während sechs Tage waren sie Mann und Frau.

Zu dieser Zeit der Abfahrt beschäftigten die isländischen Angelegenheiten jedermann. Taglöhnerinnen häuften das Salz für die Fischlake in den unteren Gelassen der Fahrzeuge; die Männer richteten das Takelwerk, und bei Yann arbeiteten Mutter und Schwestern von Morgens bis Abends, um die Teerjacken und Wachsleinen vorzubereiten, die ganze Ausstattung für die Campagne. Das Wetter war düster und die See, im Vorgefühl der Äquinoktien, war unruhig und aufgeregt.

Gaud ertrug diese unerbittlichen Vorbereitungen mit Herzensangst, die fliehenden Tagesstunden zählend und den Abend erwartend, wo sie nach getaner Arbeit ihren Yann für sich ganz allein hatte.

Würde er die anderen Jahre auch fortgehen?

Sie hoffte sehr, ihn zurückhalten zu können, Aber sie wagte nicht, ihm jetzt schon davon zu sprechen … Aber er hatte sie auch sehr lieb; in seinen früheren Verhältnissen hatte er nie etwas Ähnliches gekannt; nein, dies war etwas völlig anderes; es war eine vertrauensvolle, herzensfrische Zärtlichkeit, so dass bei ihr dieselben Küsse, dieselben Umarmungen etwas anderes waren; und jede Nacht wuchs ihr beiderseitiger Liebesrausch, durch jeden gesteigert, ohne sich zu sättigen, wenn der Morgen kam.

Was sie wie eine Überraschung entzückte, das war, ihn so sanft, so kindlich zu finden, diesen Yann, den sie manchmal so gering-schätzig gegen verliebte Mädchen gesehen. Für sie hatte er, im Gegenteil, immer die gleiche Höflichkeit, die ihm eigen und natür-lich war, und sie war selig über sein gutes Lächeln, wenn ihre Augen sich begegneten. Bei diesen einfachen Leuten herrscht als eingebo-renes Gefühl die Ehrfurcht vor der Majestät der Ehefrau; ein Ab-grund scheidet sie von der Geliebten, diesem Ding des Vergnügens, dem man in einem verächtlichen Lächeln die nächtlichen Küsse zurückschleudert. Gaud war seine Gattin, und am Tage gedachte er nicht mehr der Zärtlichkeiten, die gar nicht zu gelten schienen, so sehr waren sie ein Fleisch, die beiden, und für das ganze Leben.

… Bange, sehr bange war sie in ihrem Glück, das ihr erschien als etwas gar zu Unverhofftes und Unbeständiges, wie die Träume … Vor allen Dingen, würde sie wohl bei Yann recht dauernd sein, diese Liebe? … Manchmal erinnerte sie sich seiner Verhältnisse, seines Aufbrausens, seiner Abenteuer, und dann bekam sie Angst. Würde er immer diese unendliche Zärtlichkeit und diese sanfte Ehrfurcht bewahren?

Wirklich waren sechs Tage der Ehe nichts für eine Liebe wie die ihre; nichts als eine kleine Abschlagszahlung, in fiebernder Hast von der Lebenszeit genommen, – die noch so lange vor ihnen liegen konnte! Kaum hatten sie sich sehen, sprechen können, und begreifen, dass sie einander angehörten. – Und alle Pläne für ihr gemeinschaftliches Leben, in ruhiger Freude, mit den häuslichen Einrichtungen, waren gezwungenermaßen auf die Rückkehr verschoben.

O, die anderen Jahre musste sie ihn um jeden Preis verhindern, nach dem Island zu gehen! ... Aber wie das anfangen? Wie würden sie es dann machen, um zu leben, da sie beide so wenig reich waren? ... Und dann hatte er sein Seemannshandwerk so gern ...

Trotz alledem würde sie die anderen Male versuchen, ihn festzuhalten, sie würde all' ihren Willen, alle Herzensklugheit daransetzen. Eines Isländers Frau sein, jedes Frühjahr mit Trauer herankommen sehen, alle Sommer in wehevollem Bangen zubringen; nein, jetzt, wo sie ihn über alles, was sie je geträumt, vergötterte, fühlte sie sich von zu großem Entsetzen befallen, im Gedanken an die künftigen Jahre ...

Sie hatten einen Frühlingstag, nur einen. Es war am Tage, bevor man sich segelfertig machte; man hatte das Ordnen des Takelwerks an Bord vollendet, und Yann blieb diesen ganzen Tag bei ihr.

Arm in Arm gingen sie auf den Wegen spazieren, wie es die Liebenden tun, ganz dicht beieinander und sich tausend Dinge sagend. Die guten Leute sahen sie lächelnd vorübergehen:

»Es ist Gaud mit dem großen Yann von Pors-Even, eben verheiratete Leute!«

Ein wirklicher Frühling war dieser letzte Tag; es war eigentümlich und befremdend, plötzlich diese große Ruhe zu sehen und keine einzige Wolke mehr an diesem sonst so zerrissenen Himmel. Kein Wind regte sich. Die See war ganz sanft geworden; sie war überall von demselben matten Blau und lag stille. Die Sonne leuchtete mit starkem weißen Glanz, und das rauhe Bretonerland saugte sich voll von diesem Licht, wie von etwas Feinem und Seltenem; es schien sich zu erheitern und lebendig zu werden, bis in seine tiefsten Fernen.

Die Luft hatte eine köstliche Milde und roch nach Sommer; man hätte glauben können, sie wäre ewig regungslos geworden, und es könne nie mehr düstere Tage noch Sturm geben. Die Vorgebirge und Buchten, über welche nicht mehr die wechselnden Wolkenschatten hinflogen, standen im Sonnenschein mit ihren großen unwandelbaren, scharfgezeichneten Linien. Auch sie schienen zu ruhen in endloser Stille … Alles das, als sollte ihre Liebesfeier süßer und ewiger sein, und man sah schon frühe Blumen, Primeln längs der Gräben, oder auch Veilchen, noch blass und ohne Duft. Wenn Gaud fragte: »Wie lange wirst du mich lieb haben, Yann?« dann antwortete er verwundert, indem er ihr mit seinen schönen, ehrlichen Augen voll ins Gesicht sah: »Aber Gaud, immer!« und dieses Wort, das ihm so einfach von den sonst so scheuen Lippen kam, schien so erst wirklich *ewig* zu bedeuten. Sie lehnte sich auf seinen Arm; in dem Entzücken ihres verwirklichten Traumes schmiegte sie sich an ihn, voll Bangen immer; er schien ihr flüchtig wie ein großer Seevogel … und morgen der Flug in die Weite! Und dieses erste Mal war es zu spät, sie konnte nichts tun, um ihn am Weggehen zu verhindern.

Von diesen Klippenwegen, wo sie gingen, beherrschte man das ganze Strandland, welches ohne Bäume schien, mit einem Teppich von Ginster und mit Steinen besät. Die Fischerhütten standen hier und dort auf den Felsen mit ihren alten Granitmauern, mit den hohen buckligen Strohdächern, die durch des Mooses neuen Trieb ganz grün waren. Und in der fernsten Ferne beschrieb die See wie eine große durchsichtige Erscheinung einen ungeheuren ewigen Kreis, der alles einzuhüllen schien.

Es belustigte sie, ihm erstaunliche und wunderbare Dinge von Paris zu erzählen, wo sie gelebt hatte. Aber er tat höchst verächtlich, und es interessierte ihn gar nicht. »So weit von der Küste«, sagte er, »und so viel Land, so viel Land … das muss ungesund sein; so viel Häuser, so viel Menschen … da muss es schlimme Krankheiten geben in den Städten; nein, da drin möcht' ich nicht leben, ich gewiss nicht.« Und sie lächelte und wunderte sich, zu sehen, was der große Mensch für ein naives Kind war. Manchmal stiegen sie hinab in die Erdfalten, wo wirkliche Bäume wachsen, die so aussehen, als wenn sie sich dort duckten gegen den Wind der Weite. Da war keine Aussicht mehr; auf der Erde gehäuftes totes Laub und kalte Feuchtigkeit; der hohle Weg zwischen grünen Binsen wurde dunkel unter dem Geäste und verengte sich zwischen den Mauern irgend eines einsamen Dörfchens, das vor Alter fast zusammenstürzte und in der Niederung schlief; und immer erhob sich ein Kruzifix recht hoch vor ihnen zwischen den kahlen Resten mit seinem großen hölzernen Christus, wie ein Leichnam zerfressen, im Schmerz ohne Ende verzerrt. Dann stieg der Pfad wieder empor, und von Neuem beherrschten sie die fernsten Horizonte und fanden die belebende Luft der Höhen und des Meeres wieder. Er seines Teils erzählte von Island, von den bleichen Sommern ohne Nacht, von der nie untergehenden Sonne mit den schrägen Strahlen. Gaud verstand ihn nicht recht und wollte es erklärt haben. »Die Sonne geht rund herum, rund herum«, sagte er, indem er mit dem ausgestreckten Arme am fernen Kreise der blauen Wasser entlang wies. »Sie bleibt immer sehr tief, weil, siehst du, sie gar keine Kraft hat, zu steigen; um Mitternacht schleift sie ein wenig den Rand durchs Wasser, aber gleich hebt sie sich wieder und fährt in ihrem Rundgang fort. Es kommt vor, dass der Mond auch am anderen Ende des Himmels erscheint; dann arbeiten sie alle zwei, jeder an seinem Bord, und man kann sie nicht recht von einander kennen, denn sie gleichen sich sehr in diesem Lande.«

»Die Sonne um Mitternacht sehen, wie das fern sein musste, diese Insel Island! Und die Fjords?« Gaud hatte dieses Wort mehrmals eingeschrieben gelesen unter den Namen der Toten in der Kapelle der Untergegangenen; es machte ihr den Eindruck, als bezeichnete es etwas Unheimliches. »Die Fjords«, antwortete Yann, »sind große Buchten, wie hier die von Paimpol zum Beispiel; nur sind rings herum die Berge so hoch, so hoch, dass man nie sieht, wo sie aufhören, wegen der Wolken, die drauf sitzen. Ein trauriges Land, Gaud, das versichere ich dich, Steine, Steine, nichts als Steine, und die Leute auf der Insel kennen nicht, was ein Baum ist. Mitte August, wenn unser Fischfang zu Ende ist, ist es hohe Zeit, fortzufahren, denn dann fangen die Nächte an, und die werden sehr schnell länger; die Sonne fällt unter die Erde und kann sich nicht mehr erheben, und dann ist es dort bei ihnen Nacht, während des ganzen Winters. Und dann«, sagte er, »ist auch ein kleiner Kirchhof da, an der Küste, in einem Fjord, gerade wie bei uns, für die aus der Gegend von Paimpol, welche während der Fischzeit gestorben sind oder im Meer verschwanden; es ist geweihte Erde, so gut wie in Pors-Even, und die Toten haben Holzkreuze, gar ähnlich denen von hier, mit ihrem Namen draufgeschrieben. Die beiden Goazdieou von Ploubazlanec sind da und auch Willem Moan, der Großvater von Sylvester.«

Und sie glaubte ihn zu sehen, diesen kleinen Kirchhof am Fuße öder Felsen unter dem bleichen rosa Licht der Tage, die nicht enden. Dann dachte sie an diese Toten unter dem Eise und unter dem schwarzen Schweißtuche der Nächte, die so lang sind wie die Winter.

»Die ganze Zeit, die ganze Zeit fischen?« fragte sie, »ohne sich je auszuruhen?«

»Die ganze Zeit, und dann muss man manövrieren, denn das Meer ist nicht immer schön dort. Ei ja; man ist Abends müde, das gibt Appetit zum Nachtessen, und Tage gibt's, da verschlingt man es nur so.«

»Und man langweilt sich nie?«

»Nie«, sagte er mit einem Tone der Überzeugung, die ihr weh tat. »An Bord, auf hoher See, da wird mir die Zeit nicht lang, nie!«

Sie neigte den Kopf und fühlte sich trauriger, von der See besiegter.

Fünfter Teil

1.

Am Ende dieses einen Frühlingstags, den sie gehabt, brachte die hereinbrechende Nacht das Gefühl des Winters zurück, und sie gingen heim, vor ihrem Feuer zu essen, welches eine Flamme von Reisern war.

Ihre letzte gemeinschaftliche Mahlzeit. Aber sie hatten noch eine ganze Nacht, um Eins in des andern Armen zu schlafen, und diese Erwartung ließ sie eben noch nicht traurig werden. Nach dem Essen fanden sie noch einmal das süße Frühlingsgefühl wieder, als sie draußen waren auf dem Wege von Pors-Even: die Luft war still, beinahe lau, und ein Rest von Dämmerung zog sich verspätet über das Land hin.

Sie gingen die Eltern besuchen, für Yanns Lebewohl, und kamen früh zurück, sich wieder zu legen, da sie die Absicht hatten, beide bei Tagesgrauen aufzustehen.

2.

Der Quai von Paimpol war am nächsten Morgen voll Menschen. Die Abfahrt der Isländer hatte seit dem ehvorigen Abend begonnen, und bei jeder Flut ging eine neue Anzahl in See.

An diesem Morgen sollten 15 Schiffe zugleich mit der Leopoldine hinausfahren, und die Frauen der Seeleute oder die Mütter waren alle gegenwärtig, um sie unter Segel gehen zu sehen. Gaud fand es sonderbar, ihnen beigesellt zu sein; sie war nun auch eine Isländerfrau geworden und aus derselben verhängnisvollen Ursache dahingekommen. Ihr Geschick hatte sich mit so stürmischer Eile abgespielt, in so wenig Tagen, dass sie kaum Zeit gehabt, sich die

Wirklichkeit der Dinge vorzustellen. Auf jähem Abhang unaufhaltsam hingleitend, war sie zu dieser Lösung gelangt, die unerbittlich war, und der es sich nun unterwerfen hieß – wie es die andern taten, die es gewohnt waren.

Sie hatte nie diesen Szenen in der Nähe beigewohnt, nie diesem Abschiednehmen. Das war alles neu und unbekannt: unter diesen Frauen hatte sie nicht ihresgleichen und fühlte sich vereinsamt, anders; ihre Fräuleinvergangenheit, die trotz allem bestehen blieb, sonderte sie ab.

Das Wetter war schön geblieben an diesem Tage der Trennungen; in der Ferne nur walzten sich schwere Wogen von Westen heran, Sturm verkündend, und von Weitem sah man das Meer, das alle diese Menschen erwartete, sich draußen überstürzen. – Um Gaud her standen noch andere, die, wie sie, sehr hübsch und sehr rührend waren mit ihren Augen voll Tränen; es gab auch Zerstreute, Lachende, die kein Herz hatten oder die für den Augenblick niemand liebten. Alte Frauen, die sich vom Tode bedroht fühlten, weinten beim Abschied ihres Sohnes. Liebende küssten sich lange auf die Lippen, und angetrunkene Matrosen hörte man singen, um sich aufzumuntern, während andere ihren Bord mit düsterem Antlitz bestiegen, als sollten sie einen Passionsweg beschreiten.

Es gingen wilde Dinge vor: Unglückliche, die ihren Kontrakt durch Überrumpelung eines Tages in der Schenke unterschrieben hatten, und die man jetzt mit Gewalt einschiffte; ihre eigenen Frauen und Gendarmen stießen sie vorwärts. Andere, deren Widerstand man fürchtete wegen ihrer großen Kraft, hatte man aus Vorsicht vorher trunken gemacht. Man brachte sie auf Tragen heran und ließ sie in den Kielraum der Fahrzeuge hinab, wie Tote. Gaud grauste es bei ihrem Vorüberkommen: mit welchen Gefährten sollte er denn leben, ihr Yann? Und dann, was war es denn für eine fürchterliche Sache, dies Island-Handwerk, um sich auf diese Weise anzukündigen und Männern solche Schrecken einzuflößen?

Doch gab es auch Seeleute, die lächelten; die wahrscheinlich, so wie Yann, das Leben auf hoher See und den großen Fischfang liebten. Das waren die Guten, diese da; sie hatten ein edles und schönes Antlitz; waren es Junggesellen, so gingen sie sorglos davon, einen letzten Blick auf die Mädchen werfend; waren es verheiratete Leute, so küssten sie ihre Frauen und ihre Kleinen mit sanfter Traurigkeit in der fröhlichen Hoffnung, reicher wiederzukommen. Gaud fühlte sich etwas beruhigt, wie sie sah, dass sie alle so waren am Bord der Leopoldine, die wirklich eine auserlesene Bemannung hatte.

Die Fahrzeuge gingen zu zwei und zwei, zu vier und vier hinaus, von Schleppern gezogen. Sobald sie sich in Bewegung setzten, entblößten die Matrosen ihr Haupt und stimmten aus voller Kehle das Kirchenlied an die Jungfrau an: »Gruß dir, Stern der Meere!« Auf dem Quai winkten Frauenhände zum letzten Lebewohl, und Tränen rannen auf den Musselin der Hauben.

Sobald die Leopoldine fort war, machte sich Gaud mit raschen Schritten auf nach dem Hause der Gaos. Anderthalb Stunden Wegs längs der Küste durch die wohlbekannten Pfade von Ploubazlanec, und dann war sie dort, ganz am Ende der Ländereien, in ihrer neuen Familie.

Die Leopoldine sollte vor der großen Rhede von Pors-Even ankern und erst am Abend endgültig unter Segel gehen; dort hatten sie sich deshalb noch ein letztes Stelldichein gegeben. Und er kam wirklich noch einmal in der Jolle seines Fahrzeugs; er kam für drei Stunden, ihr Lebewohl zu sagen.

Auf dem Lande fühlte man nichts von der hohlen See, da war noch immer dasselbe schöne Frühlingswetter, derselbe ruhige Himmel. Einen Augenblick gingen sie Arm in Arm auf den Weg hinaus; das erinnerte an ihren gestrigen Spaziergang, nur sollte die Nacht sie nicht mehr vereinen. Sie wanderten ohne Ziel dahin, gegen Paimpol zurück, und bald standen sie vor ihrem Hause, zu dem sie unbewusst wiedergekehrt; sie traten auch noch einmal, zum letzten Mal ein, wo die Großmutter Yvonne erschrak, als sie sie zusammen wieder erscheinen sah.

Yann legte Gaud noch ans Herz, was mit verschiedenen Dingen zu tun sei, die er in ihrem Schranke ließ; besonders trug er ihr auf, seine Hochzeitskleider von Zeit zu Zeit zu entfalten und in die Sonne zu legen. – Am Bord der Kriegsschiffe lernten die Matrosen diese Sorgfalt. – Und Gaud lächelte, ihn mit Kennermiene das vorbringen zu sehen; er konnte doch sicher sein, dass alles, was sein war, mit Liebe erhalten und gepflegt werden würde. Übrigens lag ihnen diese Vorsorge nicht so sehr am Herzen; sie sprachen nur, um zu sprechen, sich selbst zu betrügen ...

Yann erzählte, dass man an Bord der Leopoldine eben die verschiedenen Fischerposten ausgelost, und dass er sehr zufrieden war, den besten gewonnen zu haben. Sie ließ sich das noch erklären, denn sie wusste fast nichts von den isländischen Dingen:

»Siehst du, Gaud, auf dem Schiffsrande unsrer Fahrzeuge sind an gewissen Stellen Löcher hineingebohrt, die wir Mekkalöcher nennen; die sind dazu da, um kleine Träger mit Rädchen darin festzumachen, durch die unsre Leinen laufen. Also, bevor wir abfahren, spielen wir um diese Löcher mit Würfeln oder Nummern, die wir in der Mütze des Schiffsjungen durcheinanderschütteln. Jeder gewinnt das seinige, und während der ganzen Campagne hat man nicht mehr das Recht, seine Leine anderswo festzumachen, man wechselt nicht mehr. Nun, und mein Posten ist hinten, welches, wie du wissen musst, der Platz ist, wo man die meisten Fische fängt, und dann ist er an den großen Rüstseilen, an denen man immer ein Stück Segel oder Wachsleinen, kurz einen kleinen Schutz anbringen kann, fürs Gesicht, gegen den Schnee und Hagel dort; das ist gut, verstehst du; die Haut wird bei bei den schlimmen schwarzen Wettern nicht so verbrannt und die Augen sehen länger scharf« ...

Sie sprachen leise, leise, wie aus Furcht, die letzten Augenblicke, die ihnen blieben, zu verscheuchen, die Zeit schneller fliehen zu machen. Ihr Gespräch hatte den besonderen Charakter von allem, was unerbittlich zu Ende geht; die unbedeutendsten kleinen Dinge, die sie sich sagten, wurden an jenem Tage geheimnisvoll wie beim letzten höchsten Abschied ...

In der letzten Minute hob Yann seine Frau in seinen Armen in die Höhe, und sie umschlangen sich fest, ohne sich noch etwas zu sagen, in einer langen, schweigsamen Umarmung.

Und nun schiffte er sich ein; die grauen Segel entfalteten sich, um sich unter einem ganz leichten Westwinde zu spannen. Er, den sie noch erkannte, winkte in der ausgemachten Weise mit seiner Mütze. Und lange stand sie, wie ein Schattenriss gegen das Meer und sah ihren Yann sich entfernen.

Das war er noch, diese kleine menschliche Gestalt, schwarz gegen das Graublau der Wasser stehend, – und nun schon verschwommen, verschwommen, in der Ferne verloren, wo die Augen, die durchaus noch schauen wollen, sich trüben und nichts mehr sehen.

Indem sie fortfuhr, die Leopoldine, folgte Gaud längs den Klippen, wie von einem Magnete gezogen.

Bald musste sie stille stehen, weil das Land zu Ende war, da setzte sie sich zu Füßen des letzten großen Kreuzes nieder, das zwischen den Binsen und Steinen aufgerichtet ist. Da es ein hoher Punkt war, schien das Meer von dort aus gesehen nach der Ferne hin zu steigen, und es war, als ob die Leopoldine sich, ganz klein, auf den Abhängen dieses ungeheuren Kreises erhöbe. Die Wasser hatten große, langsame Wellenbewegungen, – wie das letzte Nachwehen von irgend einem gewaltigen Sturm, der anderswo gewesen, hinter dem Horizonte; aber auf dem weiten Sehfeld, wo Yann noch war, blieb alles friedlich.

Gaud schaute noch immer hinaus und suchte sich die Physiognomie des Schiffes genau einzuprägen, den Umriss seines Segelwerks und Kiels, damit sie es von Weitem erkennte, wenn sie an diese Stelle wiederkäme, es zu erwarten.

Ungeheure Wellenhebungen kamen noch fortwährend regelmäßig von Westen, eine nach der andern, ohne Aufenthalt, ruhelos, ihre unnützen Anstrengungen wiederholend, sich auf den nämlichen Felsen brechend, an den gleichen Stellen zerschellend, um denselben Strand zu überschwemmen. Auf die Länge war sie seltsam, diese dumpfe Unruhe der Wasser bei der heiteren Ruhe der Lüfte und des Himmels; es war, als hätte das Bett der Meere sich zu sehr gefüllt und wollte nun überquellen und sich der Gestade bemächtigen.

Aber die Leopoldine wurde immer kleiner, ferner, verlorener. Wahrscheinlich rissen Strömungen sie fort; denn die Abendbrise war schwach, und doch entfernte sie sich schnell. Jetzt war sie nur noch ein kleiner grauer Fleck, fast ein Punkt, und jetzt hatte sie bald den äußersten Rand vom Kreise des Sichtbaren erreicht, wo sie in das endlose Jenseits eintreten würde, von wo die Dunkelheit angeschritten kam.

Als es sieben Uhr Abends war, die Nacht hereingebrochen, das Schiff verschwunden, ging Gaud heim, im Ganzen recht tapfer, trotz der Tränen, die beständig emporquollen. Welcher Unterschied doch, und wieviel düsterer wäre die Leere, wenn er, wie die beiden anderen Jahre, fortgefahren wäre ohne Abschied, während jetzt alles verwandelt war, gemildert; er war so ganz ihr eigen, ihr Yann, dass sie sich trotz seines Weggehens geliebt fühlte, und ganz allein in ihre Wohnung zurückkehrend, hatte sie doch wenigstens die süße Erwartung dieses »Auf Wiedersehen«, das sie sich für den Herbst zugerufen.

Der Sommer ging traurig, warm, ruhig vorüber. Sie lauerte auf die ersten gelben Blätter, auf das erste Sammeln der Schwalben, auf das Erscheinen des Chrysanthemum.

Durch die Packetboote von Reickiawieck und durch die Jäger schrieb sie ihm mehrmals; aber man weiß nie, ob die Briefe ankommen.

Ende Juli bekam sie einen von ihm. Er teilte ihr mit, dass er gesund sei am 10. laufenden Datums, dass die Fischerei vielversprechend sei, und dass er schon 1500 Fische für seinen Anteil habe.

Von einem Ende zum anderen war das in dem naiven Stil geschrieben, nach der Schablone der Briefe aller Isländer an ihre Familien. Männer, die wie Yann erzogen sind, haben keine Ahnung, dass man die tausend kleinen Dinge schreiben kann, die man denkt, fühlt oder träumt. Da sie gebildeter war als er, verstand sie das zu berücksichtigen und zwischen den Zeilen die tiefe Liebe zu lesen, die darin nicht ausgesprochen war.

Zu wiederholten Malen gab er ihr in diesen vier Seiten den Namen Gattin, als hätte er Vergnügen daran gefunden, ihn zu wiederholen. Und außerdem war die bloße Adresse: »An Madame Marguerite Gaos, Haus Moan, Ploubazlanec«, schon etwas, das sie mit Freuden wiederlas. Sie hatte noch so wenig Zeit gehabt, Madame Marguerite Gaos genannt zu werden.

4.

Sie arbeitete viel in diesen Sommermonaten. Die Paimpoleserinnen, die zuerst ihrem Talent als einer improvisierten Arbeiterin misstrauten und sagten, sie habe zu schöne Fräuleinshände, hatten im Gegenteil gesehen, dass sie ausgezeichnet Kleider mache, die für die Figur vorteilhaft seien; da war sie eine fast berühmte Näherin geworden.

Was sie verdiente, ging zur Verschönerung der Wohnung hin, – für seine Heimkehr. Der Schrank, die alten Gefachbetten waren ausgebessert, frisch gebohnt, mit glänzendem Eisenwerk; das Fensterchen, auf die See hinaus, hatte sie mit einer Scheibe und Vorhängen versehen; eine neue Decke für den Winter hatte sie gekauft, einen Tisch und Stühle.

Alles dies ohne das Geld anzugreifen, das ihr Yann ihr dagelassen und das sie in einer kleinen chinesischen Schachtel unberührt bewahrte, um es ihm bei seiner Ankunft zu zeigen.

Während der Sommerabendzeit, wenn sie bei dem letzten Tagesschein vor der Türe saß mit der Großmutter Yvonne, deren Kopf und Gedanken bei der Wärme bedeutend besser waren, strickte sie für Yann ein schönes Fischerwams von blauer Wolle. Am Rande des Kragens und der Ärmel waren wunderbare komplizierte Striche und klare Muster. Die Großmutter Yvonne, die früher eine geschickte Strickerin gewesen, hatte sich ganz allmählich des Verfahrens aus der Jugendzeit erinnert, um es sie zu lehren. Und es war eine Arbeit, die viel Wolle gekostet; denn das Wams musste sehr groß sein für Yann.

Übrigens fing man an, besonders Abends, das Kürzerwerden der Tage zu spüren. Gewisse Pflanzen, die ihren ganzen Trieb im Juli gemacht, fingen an ein gelbes, sterbendes Aussehen zu bekommen, und die violetten Skabiosen blühten von Neuem auf den Wegrändern, kleiner, auf längeren Stielen; endlich kamen die letzten Tage im August, und ein erstes isländisches Fahrzeug erschien eines Abends, auf der Spitze von Pors-Even. Das Fest der Heimkehr hatte begonnen.

Man strömte in Massen auf die Klippen, um es zu empfangen. – Welches war's?

Es war Samuel-Azénida, immer voran, das da. »Sicher«, sagte Yanns alter Vater, »wird die Leopoldine nicht zögern; ich kenne das, wenn man dort anfängt abzufahren, dann halten's die andern nicht mehr aus.«

5.

Sie kamen heim, die Isländer. Zwei am zweiten Tage, vier am nächstfolgenden und dann zwölf in der folgenden Woche. Und mit ihnen kam die Freude in das Land zurück; es war ein Fest bei den Frauen, den Müttern; ein Fest auch in den Schenken, wo die schönen Mädchen von Paimpol den Fischern den Wein kredenzen.

Die Leopoldine war unter den Nachzüglern; es waren ihrer noch zehn, die fehlten; sie konnten nicht mehr lange ausbleiben, und Gaud dachte, dass in der äußersten Frist von zehn Tagen, die sie sich setzte, um keine Enttäuschung zu haben, Yann da sein würde; Gaud war im süßesten Rausche der Erwartung und hielt die Haushaltung recht ordentlich, reinlich und nett, um ihn zu empfangen.

Als alles geordnet war, blieb ihr nichts mehr zu tun, und außerdem hatte sie den Kopf nicht mehr recht beisammen in ihrer Ungeduld.

Drei Nachzügler kamen an und dann fünf. Nur zwei fehlten noch immer beim Appell.

»Nun«, sagte man ihr lachend, »dies Jahr ist's die Leopoldine oder die Marie-Jeanne, die die Heimkehrbesen auflesen werden.«

Und Gaud lachte auch, und war belebter und schöner in der Freude der Erwartung.

6.

Aber die Tage vergingen.

Sie fuhr fort, sich hübsch anzuziehen, heiter auszusehen, an den Hafen zu gehen, mit den andern zu plaudern. Sie sagte, das sei sehr natürlich, diese Verspätung. Sah man das nicht jedes Jahr? O, erstens so gute Seeleute und zwei so gute Schiffe.

Heimgekehrt kamen ihr dann Abends die ersten kleinen Schauer der Bangigkeit, der Angst.

War es möglich, dass sie sich fürchte, so früh? Gab es irgend eine Ursache?

Und sie erschrak darüber, dass sie sich schon fürchtete ...

7.

Der 10. September! ... Wie die Tage flohen! Eines Morgens, wo schon ein kalter Nebel auf dem Lande lag, – ein richtiger Herbstmorgen, – fand sie die aufgehende Sonne unter der Vorhalle von der Kapelle der Untergegangenen sitzen, an der Stelle, wo die Witwen beten kommen, – da saß sie mit starren Augen, die Schläfen wie von einem eisernen Reif umschlossen.

Seit zwei Tagen hatten die traurigen Morgennebel begonnen, und an diesem Morgen war Gaud mit stechender Angst erwacht, wegen dem winterlichen Eindruck ... Was enthielt dieser Tag, diese Stunde, dieser Augenblick, mehr als die vorhergehenden? ... Man sieht oft Schiffe mit vierzehn Tagen, ja, mit einem Monat Verspätung ankommen. Dieser Morgen war freilich etwas ganz Besonderes, wahrscheinlich, weil sie zum erstenmal daher gekommen, sich unter die Vorhalle der Kapelle zu setzen und die Namen der jungen Toten zu lesen.

In Erinnerung an
Gaos Yvon
Im Meer verloren
In der Gegend von Nordenfjord.

Wie einen großen Schauer hörte man einen Windstoß sich vom Meere her erheben und zugleich etwas auf das Gewölbe niederfallen wie Regen: die toten Blätter. Es kam ein ganzer Flug davon unter

176

die Vorhalle. Die alten zerzausten Bäume im Hofe entlaubten sich,
durch den Wind der Weite geschüttelt. – Der Winter kam. –

Verloren im Meer
In der Gegend von Nordenfjord
Im Sturm vom 4–5ten August 1880.

Sie las gedankenlos, und durch den Spitzbogen der Türe drangen
ihre Augen suchend in die Weite der See: sie war sehr unbestimmt
an diesem Morgen unter dem grauen Nebel, und wie ein herabhän-
gendes Segel schleifte über die Ferne ein großer Trauerschleier.

Wieder ein Windstoß, und tote Blätter tanzten herein. Ein stär-
kerer Windstoß, als wenn der Weststurm, der einst diese Toten
über das Meer gesät, selbst noch die Inschriften peinigen wollte,
die ihre Namen den Lebenden ins Gedächtnis riefen.

Gaud blickte mit unwillkürlicher Beharrlichkeit auf einen leeren
Raum der Mauer, der zu warten schien. Mit furchtbarer Aufdringlichkeit verfolgte sie der Gedanke an eine neue Tafel, die man
vielleicht bald dahin tun müsste, mit einem anderen Namen, den
sie selbst im Geiste an solchem Orte nicht zu wiederholen wagte.

Sie fror und blieb auf der Granitbank sitzen, den Kopf zurückge-
legt gegen den Stein:

Verloren in der Gegend von Nordenfjord,
Im Sturm vom 4.-5. August
Mit 23 Jahren.
Möge er in Frieden ruhen.

Island erschien ihr mit dem kleinen Kirchhof dort – das ferne,
ferne Island, durch die Mitternachtssonne von unten beleuchtet …
Und plötzlich – immer an derselben leeren Stelle der Mauer, die
zu warten schien – hatte sie mit grässlicher Klarheit die Vision

177

dieser neuen Tafel, an die sie dachte: eine frische Tafel, ein Totenkopf, Knochen ins Kreuz gelegt und mitten drin mit Flammenschrift einen Namen, den heißgeliebten Namen: Yann Gaos!

Da sprang sie kerzengerade in die Höhe, einen rauhen Schrei aus der Kehle stoßend wie eine Wahnsinnige ...

Draußen war immer noch auf dem Lande der graue Morgennebel, und die toten Blätter tanzten noch immer herein.

Schritte im Pfade! Kam jemand? Da erhob sie sich ganz gerade; mit einem Griff rückte sie ihre Haube zurecht und glättete ihr Antlitz. Die Schritte näherten sich – man trat ein – schnell nahm sie ein Ansehen, als wär' sie zufällig dort, denn sie wollte noch nicht, um keinen Preis der Welt, aussehen wie die Frau eines Untergegangenen. Gerade war es Fante Floury, die Frau des Unterkapitäns von der Leopoldine.

Sie verstand gleich, diese, was Gaud da machte: Es war unnütz, sich vor ihr zu verstellen. Und zuerst blieben sie stumm vor einander stehen, die beiden Frauen, noch mehr entsetzt und einander gram, beinahe hasserfüllt, dass sie sich in demselben Gefühl von Grauen begegnet waren.

»Alle die von Tréguier und St. Brieuc sind daheim seit acht Tagen«, sagte endlich Fante, unerbittlich, mit dumpfer Stimme und wie gereizt. Sie brachte eine Kerze, um ein Gelübde zu tun. – Ah ja, ein Gelübde! Gaud hatte noch gar nicht daran denken wollen, an dies Mittel der Trostlosen. Aber sie trat in die Kapelle, hinter Fante her, ohne etwas zu sagen, und sie knieten sich dicht nebeneinander hin, wie zwei Schwestern. Der Jungfrau, Stern der Meere, sagten sie heiße Gebete, mit ganzer Seele, und bald hörte man nichts mehr als Schluchzen, und dicht begannen ihre Tränen auf die Erde zu rieseln ...

Sie erhoben sich sanfter, vertrauensvoller. Fante half Gaud, welche schwankte, und sie in die Arme nehmend, küsste sie sie.

Als ihre Tränen getrocknet, ihre Haare geordnet, der Salpeter und der Staub vom Knien auf den Steinplatten von ihren Röcken entfernt waren, gingen sie, ohne noch etwas zu sagen, auf verschiedenen Pfaden davon.

8.

Dieses Ende des September glich einem zweiten nur ein wenig melancholischen Sommer. Es war wirklich so schön in diesem Jahr, dass, wenn die gelben Blätter nicht gewesen wären, die wie ein trauriger Regen auf die Wege herabfielen, man sich im lustigen Monat Juni geglaubt hätte. Die Gatten, die Verlobten, die Geliebten waren heimgekehrt, und überall war die Freude eines zweiten Liebesfrühlings ...

Endlich wurde eines Tages eins der beiden Nachzügler aus Island auf hoher See angezeigt. Welches? ...

Schnell hatten sich die Gruppen der Frauen gebildet, stumm, beklommen, auf der Klippe. Gaud, zitternd und bleich geworden, stand da neben dem Vater ihres Yann:

»Ich glaube stark«, sagte der alte Fischer, »ich glaube stark, dass sie's sind! Ein roter Streifen, ein gerolltes Marssegel, das gleicht ihnen doch nicht wenig; was meinst du, Gaud, meine Tochter? Und doch nein«, fing er wieder an, mit plötzlicher Mutlosigkeit, »nein, wir irren uns wieder; die Spire ist nicht gleich, und sie haben einen Klüver und Besansegel. Geh, für diesmal sind sie's nicht, es ist die Marie-Jeanne; o, aber ganz gewiss, sie werden nicht säumen, meine Tochter!«

Und ein Tag kam nach dem andern, und jede Nacht kam zu ihrer Stunde mit unerbittlicher Ruhe. Sie fuhr fort, Festkleider anzuziehen, fast wie von Sinnen, immer aus Furcht, wie die Frau eines Untergegangenen auszusehen, außer sich, wenn die andern sie mitleidig oder geheimnisvoll ansahen, und wandte die Augen ab, um nicht auf dem Wege den Blicken zu begegnen, durch die sie zu Eis erstarrte. Jetzt hatte sie die Gewohnheit genommen, jeden Morgen an des Landes Ende zu gehen, auf die hohe Klippe von Pors-Even, hinter dem Vaterhause ihres Yann her, um von seiner Mutter und seinen kleinen Schwestern nicht gesehen zu werden. Ganz allein ging sie dahin an die äußerste Spitze der Gegend von Ploubazlanec, die sich wie ein Renntiergeweih gegen die graue manche abhebt, und setzte sich den ganzen Tag dahin, zu Füßen eines einsamen Kreuzes, das die ungeheuren Fernen der Gewässer beherrscht.

Überall stehen hier solche Granitkreuze, welche sich auf den vorspringenden Felsen dieser Seemannserde erheben, als wollten sie Gnade erflehen, als wollten sie diese große bewegliche Macht besänftigen, welche die Menschen anzieht und sie nicht wieder hergibt, und am liebsten die Tapfersten und Schönsten behält. Um dieses Kreuz von Pors-Even war ewig grüne Heide, mit kurzen Ginstersträuchern bedeckt. Und auf dieser Höhe war die See oft sehr rein und hatte kaum den salzigen Geruch des Tangs, sondern war mit den süßen Düften des Septembers erfüllt. Man sah weithin alle Umrisse der Küste, einen über dem andern sich auszeichnen. Das Betragnerland endigte in zackigen Spitzen, die in das schweigende nichts der Wasser weit hineinragen. Im Vordergrunde war das Meer von Felsen übersät, aber jenseits störte nichts mehr seine Spiegelglätte; ein ganz kleines schmeichelndes Geräusch, leise und endlos, stieg aus dem Grunde aller dieser Buchten empor. Und es waren so friedliche Fernen, so stille Tiefen; das große blaue nichts, das Grab der Gaos, bewahrte sein undurchdringliches Geheimnis, während Brisen, schwach wie ein Hauch, den Duft des kurzen Ginsters dahintrugen, der im letzten Herbstsonnenschein wieder blühte. Regelmäßig zu gewissen Stunden sank das Meer, und es entstanden breite Flecken, als ob die manche sich langsam leerte, und mit derselben Langsamkeit stiegen die Wasser wieder und kamen und gingen so ewig, ohne sich um die Toten drunten zu kümmern. Und Gaud, am Fuße des Kreuzes sitzend, blieb da, mitten unter dieser Stille, immer hinausschauend, bis zur sinkenden Nacht, bis zum Nichtmehrsehen.

9.

Der September war zu Ende gegangen. Sie nahm gar keine Nahrung mehr zu sich, sie schlief nicht mehr.

Jetzt blieb sie zu Hause, zusammengekauert, die Hände zwischen den Knien, den Kopf zurückgeworfen und an die Mauer gelehnt. Wozu aufstehen, wozu sich niederlegen; sie warf sich auf ihr Bett, ohne ihr Kleid auszuziehen, wenn sie zu erschöpft war. Sonst blieb sie immer so sitzen, wie erstarrt; ihre Zähne schlugen vor Kälte auf einander in dieser Unbeweglichkeit; noch immer hatte sie das Gefühl, als ob ein eiserner Ring ihr die Schläfen zusammenschnürte; sie fühlte, wie ihre Wangen sich zogen; ihr Mund war trocken mit einem Fiebergeschmack, und zu gewissen Stunden kam ein heiseres Stöhnen aus ihrer Kehle, das sich in Absätzen wiederholte, lange, lange, während ihr Kopf gegen die Granitmauern schlug.

Oder sie rief ihn bei seinem Namen, sehr zärtlich, mit leiser Stimme, als wenn er schon ganz nahe gewesen wäre, und flüsterte ihm Worte der Liebe zu. Es geschah ihr auch, dass sie an andere Dinge dachte, als an ihn, an ganz kleine unbedeutende Dinge. Zum Beispiel betrachtete sie, wie der Schatten der tönernen Mutter Gottes und des Weihkessels auf der hohen Boiserie ihres Bettes sich langsam hindehnte, indem das Licht niederging. Und dann kamen wieder neue grässlichere Anfälle von Todesangst, und dann begann sie wieder ihren Jammerschrei, den Kopf an die Mauer schlagend … Und alle Stunden des Tages vergingen, eine nach der andern, und alle Stunden des Abends und alle der Nacht und alle des Morgens. Wenn sie rechnete, seit wie viel Zeit er hätte wiederkommen sollen, erfasste sie ein noch größeres Entsetzen; sie wollte die Daten nicht mehr wissen, noch die Namen der Tage.

Für die Schiffbrüche in Island hat man gewöhnlich Anzeichen; die, welche wiederkommen, haben von Weitem das Drama gesehen, oder sie haben Trümmer gefunden oder eine Leiche oder irgend ein Merkmal, an dem man alles erraten konnte. Aber nein, von der Leopoldine hatte man nichts gesehen, wusste man nichts. Die von der Marie-Jeanne, die Letzten, die sie am zweiten August erblickt hatten, sagten, sie wäre wohl weiter nach Norden gefahren zum Fischen, und hernach kam das undurchdringliche Geheimnis.

Warten, immer warten, ohne etwas zu wissen. Wann würde der Moment kommen, wo sie wirklich nicht mehr warten würde? Sie wusste es nicht, und jetzt hatte sie beinahe Eile, dass es bald wäre. O, wenn er tot wäre, dass man wenigstens das Mitleid hätte, es ihr zu sagen – o, nur ihn sehen, so wie er wäre, in diesem Augenblick, ihn, oder was von ihm übrig war. Wenn nur die so viel angeflehte Jungfrau oder irgend eine andere Macht ihr die Gnade schenken wollte, durch eine Art zweites Gesicht ihn ihr zu zeigen, ihren Yann! – lebend, heimwärtssegelnd – oder seine Leiche, vom Meer dahin gewälzt … um wenigstens sicher zu sein, zu wissen!

Manchmal kam ihr plötzlich das Gefühl, als wenn ein Segel aus des Horizontes Gründen auftauchte: die Leopoldine, nahend, sich eilend, anzukommen. Dann machte sie eine erste, unbedachte Bewegung, um aufzuspringen, hinzulaufen, auf die hohe See hinaus-zublicken, zu sehen, ob sie nahe sei … Dann sank sie zurück; ach, wo war sie in diesem Augenblick, diese Leopoldine, wo konnte sie nur sein! Dort wahrscheinlich, in der entsetzlichen Ferne Islands, verlassen, zerstückt, verloren.

Und es endete immer durch folgende quälende Vision, stets dieselbe: ein leeres, ausgenommenes Wrack, auf einem schweigen-den, rötlichgrauen Meere geschaukelt; langsam, langsam geschaukelt, ohne Laut, aus Ironie mit äußerster Zartheit, mitten in der großen Stille toter Gewässer.

10.

Zwei Uhr Morgens.

Besonders in der Nacht war sie aufmerksam auf jeden Schritt, der sich näherte; beim leisesten Geräusch, beim geringsten ungewohnten Ton bebten ihr die Schläfen; vor lauter ewigem Gespanntsein auf die Dinge draußen waren sie entsetzlich schmerzhaft geworden.

Zwei Uhr Morgens. In dieser Nacht, wie in den anderen lag sie mit gefalteten Händen und offenen Augen in der Dunkelheit und hörte dem Winde zu, mit seinem ewigen Rauschen über die Heide hin.

Plötzlich Männerschritte, eilende Männerschritte im Wege! Zu solcher Stunde? Wer konnte vorübergehen? Sie richtete sich auf, bis in die tiefste Seele bewegt, und ihr Herz hörte zu schlagen auf.

Es blieb vor der Tür stehen, es kam die Steinstufen herauf ...

Er! O Himmelsglück, er! Es hatte geklopft – konnte es ein anderer sein? ... Sie stand schon auf den bloßen Füßen; sie, die seit so vielen Tagen so schwach war, war leicht und behend emporgesprungen wie eine Katze, mit offenen Armen, um den Geliebten zu umfangen. Sicher war die Leopoldine in der Nacht angekommen, hatte gegenüber in der Bucht von Pors-Even Anker geworfen – und er eilte hierher; das alles hatte sie wie der Blitz in ihrem Kopfe zusammengestellt. Und jetzt zerriss sie sich die Finger am Türhaken in ihrer verzweifelten Hast, den harten Riegel zurückzuschieben ...

Ah! ... Und dann schwankte sie langsam, gebrochen rückwärts, den Kopf auf die Brust gesunken. Ihr schöner, wahnwitziger Traum war vorüber. Es war nur Fantec, ihr Nachbar ... Nur so lange, um

zu begreifen, dass es nur er sei, dass nichts von ihrem Yann vor-
übergeweht, und sie fühlte sich allmählich in den nämlichen Ab-
grund zurückgeschleudert, bis auf den Grund der nämlichen
grässlichen Verzweiflung.

Er entschuldigte sich, der arme Fantec: seine Frau, das wusste
man, war sterbenskrank, und nun war auch sein Kind, in seiner
Wiege am Ersticken, durch schlimmes Halsweh bedroht; darum
war er gekommen, um Hilfe bitten, während er ohne Aufenthalt
den Arzt in Paimpol holte ...

Was ging dies alles sie an? In ihrem Schmerze schroff und wild
geworden, hatte sie nichts mehr übrig für anderer Leid. Auf einer
Bank zusammengesunken, starrte sie ihn an wie eine Tote, ohne
ihm zu antworten, oder ihn anzuhören oder auch nur anzusehen.
Was machten ihr die Dinge, die dieser Mensch erzählte?

Da begriff er alles; er erriet, warum man ihm so schnell diese
Türe geöffnet, und ihn erfasste das Mitleid über das, was er da
getan.

Er stotterte eine Entschuldigung.

Es war wahr, gerade sie hätte er nicht stören sollen. –

»Mich?« antwortete Gaud lebhaft, »und warum denn nicht mich,
Fantec?«

Das Leben war mit einem Ruck wieder in sie zurückgekehrt,
denn sie wollte in Andrer Augen noch keine Verzweifelte sein, sie
wollte es durchaus nicht. Und dann kam nun auch Mitleid mit
ihm; sie kleidete sich an, um ihm zu folgen, und fand die Kraft,
sein kleines Kind zu pflegen.

Als sie wiederkam, sich auf ihr Bett zu werfen, um vier Uhr,
überfiel sie der Schlaf für einen Augenblick, weil sie sehr müde
war.

Aber diese eine Minute überwältigender Freude hatte in ihrem
Kopfe einen Eindruck gelassen, der trotz alledem nachwirkte; bald
fuhr sie empor und richtete sich halb auf, in der Erinnerung an

irgend etwas … Es hatte doch etwas Neues gegeben in Bezug auf Yann … In der Verwirrung der wiederkehrenden Gedanken suchte sie rasch in ihrem Kopf, suchte, was es sein könne …

Ach! Nichts war es! – nein, nichts als Fantec. Und zum zweiten Mal fiel sie bis in die Tiefe des Abgrundes hinab. Nein, in Wahrheit nichts war verändert in ihrem trostlosen, hoffnungslosen Warten.

Und doch, ihn so nahe gefühlt zu haben, das war, als wenn etwas, das von ihm ausgegangen, sie umschwebt hätte: es war, was man im Bretoner Lande ein »Vorzeichen« nennt; und sie horchte gespannter auf die Schritte draußen, im Vorgefühl, jemand werde kommen und von ihm sprechen.

Und in der Tat! Als es Tag ward, kam Yanns Vater herein. Er nahm die Mütze herunter und strich sein schönes weißes Haar zurück, das lockig war wie seines Sohnes Haar, und setzte sich zu Gaud ans Bett. Er hatte auch ein todesbanges Herz; denn sein Yann, sein schöner Yann war sein Ältester, sein Liebling, sein Stolz. Aber er verzweifelte nicht; nein wirklich, er verzweifelte noch nicht. Er begann Gaud in sanftester Weise zu beruhigen: erstens sprachen die letzten Ankömmlinge aus Island von sehr dichten Nebeln, die wohl das Fahrzeug verspäten konnten, und dann war ihm besonders ein Gedanke aufgestiegen: vielleicht lagen sie in einem Nothafen auf den Feroeinseln, die ferne Inseln auf dem Wege sind, und von wo die Briefe sehr lange Zeit brauchen! Das war ihm selber passiert, vor etwa vierzig Jahren, und seine arme selige Mutter hatte schon eine Seelenmesse für ihn lesen lassen … Solch ein gutes Schiff wie die Leopoldine, noch fast neu, und solche treffliche Seeleute, wie sie alle an Bord waren …

Die alte Moan strich um die beiden herum und nickte mit dem Kopfe; die Not ihrer Tochter hatte ihr beinahe Kraft und Gedanken zurückgegeben; sie sorgte für die Haushaltung und blickte von Zeit zu Zeit auf das vergilbte Bild ihres Sylvester, das an der Wand hing, mit seinen Marineankern und seinem kleinen Kranz von schwarzen

Perlen; nein, seit die See ihr ihren Enkel geraubt, glaubte sie nicht mehr daran, an das Wiederkommen der Matrosen; sie betete nur noch aus Furcht zur Mutter Gottes, mit ihren armen alten Lippen; im Herzen hatte sie einen schlimmen Groll gegen sie bewahrt.

Aber Gaud horchte gierig auf die Tröstungen, ihre großen, schwarzgeränderten Augen sahen mit Zärtlichkeit auf den Greis, der ihrem Geliebten glich; schon ihn da, bei sich zu haben, war wie ein Schutz gegen den Tod, und sie fühlte sich sicherer, näher ihrem Yann. Ihre Tränen rieselten stiller und sanfter nieder, und sie wiederholte im Herzen heiße Gebete an die Jungfrau, Stern der Meere.

Eine Rast dort, bei den Inseln, vielleicht wegen erlittenen Schadens; das war in der Tat eine Möglichkeit. Sie erhob sich, glättete ihr Haar und kleidete sich sorgfältiger, als könnte er kommen. Ohne Zweifel war nicht alles verloren, da er noch hoffte, er, sein Vater. Und während einiger Tage begann sie wieder zu warten.

Nun war es wirklich Herbst, und sogar Spätherbst, mit den früh hereinsinkenden, düsteren Nächten, wo frühzeitig alles dunkel wurde in der alten Hütte, und schwarz auch alles ringsumher in der alten Bretagne.

Die Tage selbst schienen nur noch Dämmerungen; ungeheure, langsam ziehende Wolken machten selbst die Mittagsstunden dunkel. Der Wind rauschte unablässig; es war wie ein ferner Klang von großen Kirchenorgeln, die böse oder verzweifelte Lieder spielten; andere Male warf er sich dicht gegen die Pforte und heulte wie Tiere.

Bleich, bleich war sie geworden und hielt sich immer gebückter, als hätte das Alter sie schon mit seinem kahlen Fittig gestreift. Sehr oft berührte sie ihres Yann Kleider, seine schönen Hochzeitskleider, sie entfaltend und wieder zusammenlegend wie eine Irrsinnige, – besonders ein Trikot aus blauer Wolle, das die Form seines Körpers behalten; wenn man es sanft auf den Tisch warf, dann zeigte es von selbst, wie durch Gewohnheit, seine gewölbte Brust, seine Schultern; darum hatte sie es auch zuletzt ganz allein in ein Fach ihres Schrankes gelegt, um es nicht mehr zu bewegen, auf dass es länger den Abdruck bewahre.

Jeden Abend stiegen die kalten Nebel vom Lande auf; dann betrachtete sie durch ihr Fenster die traurige Heide, wo kleine Rauchbüschel aus den andern Hütten aufzusteigen begannen; dort waren alle Männer heimgekehrt, wie Wandervögel, die die Kälte zurückgebracht. Und vor vielen dieser Feuer mussten die Abendstunden süß sein; denn neue Liebe zog mit Wintersanfang bei den Isländern ein ...

An den Gedanken dieser Inseln, wo er rasten konnte, sich festklammernd, eine Art Hoffnung wieder nährend, hatte sie von Frischem angefangen, ihn zu erwarten ...

11.

Doch niemals kam er wieder.

In einer Augustnacht, dort auf dem hohen Meere des düsteren Island, mitten unter einem gewaltigen, wütenden Getöse, hatte er mit der See Hochzeit gefeiert, – mit der See, die einst seine Nährmutter gewesen; sie hatte ihn gewiegt; sie hatte ihn zum Jüngling gemacht und ihm die Kraft und Größe gegeben, – und dann hatte sie ihn in seiner herrlichsten Mannheit zurückgefordert, für sich allein. Ein tiefes Geheimnis umhüllte diese ungeheuerliche Hochzeit. Die ganze Zeit hatten düstere Schleier darüber hingeweht, wandelnde, sturmgepeinigte Gewebe, ausgespannt, um das Fest zu verbergen, und die Braut ließ ihre Stimme dröhnen, in schauerlichster Gewalt, um jeden Schrei zu übertönen. – Er, im Gedanken an Gaud, sein Weib aus Fleisch und Blut, hatte sich in einem Riesenkampfe gegen die Grabesbraut gewehrt. Bis zu dem Augenblick, wo er sich ihr überließ, mit offenen Armen sie empfangend, mit einem einzigen tiefen Schrei, wie ein röchelnder Stier, den Mund schon mit Wasser gefüllt, mit weit ausgebreiteten, für ewig erstarrten Armen.

Bei dieser Hochzeit waren die alle, die er einst dazu geladen. Alle, außer Sylvester, der in Zaubergärten schlafen gegangen, – sehr fern, auf der anderen Seite der Erde ...